오 늘 은
살
림

게으르지만 깔끔하게
살고 싶어

오 늘 은

살

림

권양미 글 | 장윤미 그림

Dreamday

2017년 생각지 못한 건강 문제가 발생했다. 내 의지와 상관 없이 하던 일을 멈추고 오롯이 회복에 집중해야 했다. 시간이 더디게 흐르던 시기. 몸 상태는 안 좋았지만 한편으론 행복했 다. 집도 나 자신도 찬찬히 돌아볼 수 있었기에. 매일 청소하 고, 요리하고, 햇볕을 쬐며 바깥을 산책했다. 거실에 앉아 조용 히 뜨개질할 때면 지금이 내가 살아온 날 중 가장 평화로운 시 간이라는 생각마저 들었다.

하지만 정신적인 행복과는 별개로 내 몸은 쉬이 나아지지 않았다. 1년 정도 쉬었지만 수술 전 체력으로 돌아올 기미가 없었다. 모아 둔 자금이 점점 줄어들고, 다시 일터에 나가야 할 때가 다가오고 있었다. 이때부터였다. 내가 '미니멀 라이프'를 시작하게 된 게.

나는 미술 심리 상담가였다. 미술 대학을 졸업하고 잠시 다른 직장에 다녔지만, 미술 심리 상담을 알게 되어 대학원에 간 후 상담사로 10여 년을 일했다. 그때 난 내 일이 참 좋았다. '미술 치료'라고도 부르는 미술 심리 상담은 늘 새로웠다. 사람들에게는 모두 저마다의 이야기가 있어서, 같은 주제여도 매번 새로운 그림이 탄생했다.

아직 한글도 떼지 못한 어린아이부터 초등학생, 중학생, 고등학생, 이제 막 성인이 된 청년, 나와 비슷한 나이의 학부모, 거동이 불편한 어르신까지, 다양한 사람들을 만나 그들의 내밀한 이야기를 듣느라 지루할 틈이 없었다. 어둡고 우울했던 사람들의 표정에 밝은 희망이 비치는 것을 볼 때 가장 행복했다.

나는 성격이 밝은 편도, 싹싹한 편도 아니다. 세상을 긍정적으로 보지도 않았다. 그런데 사람들이 역경을 이겨 내고, 사랑을 회복하는 모습을 보다 보니 점점 세상이 살아갈 만하다고 생각하게 되었다.

하지만 당시 미술 심리 상담의 근무 환경은 열악했다. 정신적, 신체적 에너지 소모가 많은 일임에도 일정이 빡빡해서 쉬는 시간이 거의 없었다. 퇴근 후 방문을 원하는 내담자가 많다 보니 퇴근이 늦어지는 일도 많았다. 불규칙한 생활에 휴가는 생각할 수도 없었다. 누군가 대신할 수 있는 업무가 아니다 보니 몸이 아파도 출근을 해야 했다.

물론 일과 생활을 잘 병행하는 상담사들도 있었다. 하지만 나는 아니었다. 시간이 지날수록 점점 건강을 잃어 갔다. 몸 여기저기에 자잘한 문제가 생기더니, 결국 암 판정을 받았다. 수술 후에도 계속 일을 했는데 정기 검진 때마다 결과가 들쑥날쑥했다. 새벽에 응급실에 실려 가는 바람에 상담 일정을 맞추지 못하는 일이 종종 발생했다. 일을 쉬어야겠다는 생각이 들었다. 결국 눈물을 머금고 퇴사를 결정했다.

쉬면서도 빨리 나아서 복직하고 싶은 마음이 컸다. 하지만 회복해서 돌아간다 해도 예전처럼 생활한다면 머지않아 다시 일을 그만두게 될 것이 뻔했다. 복직 후에도 지속할 수 있는 새로운 삶의 방식을 찾아야 했다. 그때, 미니멀 라이프가 한 가닥 희망이 되어 주었다.

미니멀 라이프는 내 물건을 줄여 여유로운 삶을 추구하는 생활 방식이다. 처음에는 상당한 물건을 정리해야 해서 부담스러울 수 있다. 나도 그랬다. 부족한 체력으로 집 전체를 정리할 엄두가 나지 않았다. '하루에 한 가지' 혹은 '하루에 한 칸'씩이라도 매일 정리를 해 보기로 했다. 정리가 언제 끝날지도 모르고, 내게 맞는 방법인지도 알 수 없지만 일단 100일만 해 보자고 다짐했다.

조금씩 매일 계속하다 보니 어느 순간 정리에 재미가 붙었다. 정리에 집중할 때는 복직이나 미래에 대한 불안에서 벗어날 수 있었다. 머릿속이 복잡해지려 할 때면 정리를 시작했다. 좁은 공간에 여유가 생겼고, 여유가 생기자 쾌적해졌다. 비워내고 또 비워 내자 꼭 필요한 물건만 남았다. 물건이 많지 않으니 관리가 쉬워지고, 공간은 더 깨끗해졌다.

놀랍게도 매일 10분이면 집 안 청소가 끝났다. 갑자기 시간이 많아진 것 같았다. 지속 가능한, 쉽고 간단한 삶의 리듬을 가질 수 있겠다는 희망이 보였다. 이런 식이면 일을 하면서도 나를 돌볼 수 있겠다는 자신이 생겼다. 마음에 안정감이 차올랐다.

정리를 끝내고 나면, 블로그에 사진과 함께 짧게라도 기록을 남겼다. 지금도 그때의 기록을 보면 당시 상황이 생생하게 떠오른다. 만약 기록해 두지 않았다면, 삶의 변곡점이 되었던 그 시기를 또렷하게 기억할 수 있었을까?

이 책은 미니멀 라이프를 지향하며 하루하루를 살아가는 소소한 나의 기록이다. 엄청난 사건이나 대단한 통찰은 없다. 살면서 마주한 여러 고비 앞에서 이리쿵저리쿵 고민한 이야기와 그 과정에서 알게 된 자잘한 삶의 노하우, 문득 떠오른 기억의 조각이 있을 뿐. 나처럼 체력도 약하고 게으르지만, 내가 살아가는 공간을 깔끔하고 쾌적하게 유지하고 싶은 사람에게 조금이라도 도움이 되길 바란다.

이 책을 통해 누군가 작게 웃고 공감하며 위안을 얻는다면 참 기쁠 것 같다.

1장 행복을 요리하는 주방

2장 몸도 마음도 깨끗해지는 욕실

3장 편안한 즐거움이 샘솟는 거실과 방

4장 무한 도전이 가능한 베란다

1장

행복을
요리하는 주방

주방, 먹고사는 일의 시작점

흔히들 주방은 건강과 직결되는 곳이라고 말한다. 주방을 보면 위생 상태뿐만 아니라 먹고사는 일에 얼마나 관심이 많은지를 알 수 있다.

나는 스물세 살부터 혼자 살기 시작했다. 처음 독립할 땐 급하게 나오느라, 정식으로 집을 구하기 전까지 몇 달 정도 잠깐 머무를 아주 작은 원룸에서 지냈다. 고시원과 다를 바 없던 원룸에는 주방이 없었다. 어릴 때부터 체력도 약하고 잠도 많아 부지런함과 거리가 멀었던 나는 조금이라도 더 아침잠을 자기 위해 늘 학교나 직장 근처에 집을 구했다. 공간의 아늑함이나 생활의 편의성은 거의 고려되지 않았고, 주방은 우선순위에서 거의 최하단에 있었다. 집이란 세상에서 살아남기 위한 베이스캠프 정도면 충분하다고 생각했다.

대학 휴학기에 게임 회사에서 잠시 일했던 인연으로 졸업 후 게임 회사에 들어갔다. 게임 회사에 다니는 동안에는 매일이 야근의 연속이었다. 집에 오자마자 씻지도 못한 채 기절하듯 잠들었다가 눈을 뜨면 다시 출근했다. 주말은 부족한 잠을 채우기도 전에 끝났다. 깊은 고민 없이 진로를 선택한 대가였을까. 여가를 누린다는 것은 사치였고, 간혹 시간이 생겨도 무엇을 하고 싶은지 생각할 여력조차 없었다.

그러던 어느 날, 그만해야겠다는 생각이 들었다. 나름대로 주어진 현실에 최선을 다했지만, 방향도 목적도 없이 계속할 수는 없었다. 앞으로 무슨 일을 하면서 살아야 할지, 무슨 일을 하고 싶은지 처음부터 다시 생각하기로 했다.

만약 지금 내가 그때의 나를 만날 수 있다면, '집 안을 잘 정돈하고 주방에 머무르는 시간을 늘리라'고 조언하고 싶다. 집이라는 베이스캠프에서 몸과 마음을 재정비하는 것이 세상으로 나아가기 위해 얼마나 중요한지 이제는 알기 때문이다.

살림은 나를 살게 하는 가장 기본적인 활동이다. 살림하는

건 숲을 가꾸는 것과 같아서 그 방식과 틀이 하루아침에 자리 잡히지 않는다. 그중에서도 살림의 정수가 모여 있는 주방은 더욱 그렇다. 주방은 매일의 습관이 축적되고, 생활의 노하우가 모여 점점 빛을 발하는 공간이니까.

내가 주방을 제대로 쓰기 시작한 건 자취를 시작한 지 10년이 훌쩍 지난 후였다. 그사이 나는 미니멀 라이프라는 내게 딱 맞는 방식을 찾았다. 결혼 후 위기를 맞이하기도 했지만, 지금은 남편과 함께 우리만의 미니멀 라이프를 만들어 가고 있다. 6인용 압력 밥솥은 우리에게 맞게 2인용으로 바꾸고, 자주 먹는 음식 종류에 맞게 새로운 식기를 들이고, 잘 쓰지 않는 식기는 처분했다. 조리대 옆 양념병은 이렇게 저렇게 써 보다가 지금은 소금과 설탕만 꺼내 놓았다. 이렇듯 함께 먹고사는 일을 잘하기 위해 주방은 늘 변화한다. 아마도 우리의 생활 방식이 달라진다면, 그 시작은 주방에서부터일 것이다.

싱크대 정리 3단계

결혼하고 두 달이 지난 어느 주말, 싱크대 정리를 했다. 그동안 정리하고 싶은 마음이 굴뚝 같았는데 영 짬이 나지 않았다. 한 번에 전부 정리할 순 없을 것 같아 상부장부터 한 칸씩 시작하기로 했다.

정리할 때 나는 항상 3단계로 나눈다. 버리고, 분류하고, 수납하기.

1단계, 사용하지 않는 물건 버리기

문 한쪽만 열었는데 뭐가 이렇게 많은지. 결혼할 때 남편과 나는 경기도에 있는 작은 아파트를 마련하느라 자금의 여유가 없었다. 그래서 각자 쓰던 살림살이를 그대로 가져왔는데, 정리를 뒤로 미루고 미루다 보니 오늘에 이르렀다.

모든 정리의 1단계는 '사용하지 않는 물건 버리기'다. 싱크대 안에 있는 물건을 모두 꺼내어 놓고 어떤 것을 남길지부터 선별했다. 텀블러, 보온병, 플라스틱 물병은 인당 하나씩만 남기기로 했다. 벌써 물건 몇 개가 줄어들었다.

머그잔과 유리컵, 커피용품은 최근 1년 동안 한 번도 쓰지 않은 것을 처분하기로 했다. 주변에 필요한 사람에게 나눠 주거나 중고 시장에 판매하기도 하고 너무 낡은 것은 버렸다. 정리를 하다 보면 버릴지 말지 고민되는 물건이 생기기 마련인데, 그럴 땐 따로 한곳에 모아 두고 일정 기간이 지난 후 다시 생각해 보면 조금 더 결정이 쉬워진다.

남편은 세계 각지의 술잔을 수집하는 취미가 있었는데 실제로 사용하진 않아서 싱크대가 아닌 남편의 공간으로 옮겼다. 그래서일까? 이후 남편은 술잔을 더 이상 모으지 않았다. 대신 내가 캔버스천으로 만들어 준 오각형 배지 포스터에 작은 배지들을 계속 모으고 있다. 여행지에서 구입한 배지, 좋아하는 영화 배지, 모교 배지, 평창 동계 올림픽 배지……. 함께 이야기할 수 있는 추억이 담겨 있고 자리도 차지하지 않는 취미라면 동거인으로서 얼마든지 대환영이다.

다음은 물건을 용도별로 분류하고, 물건의 자리를 정할 차례다. 물건마다 자리를 정해 두면 여러 이점이 있다. 우선 정리할 때마다 어디에 둘지 생각하지 않아도 된다. 또한, 필요할 때 찾아 쓰기도 쉽다. 주방에서는 동선을 최우선으로 생각했다. 개수대 근처에는 물을 쓸 때 필요한 채반, 냄비와 같은 물건을 보관했다. 인덕션 근처에는 조리에 필요한 주방 도구와 일회용품을 수납했다. 동선이 짧아지니 요리할 때 힘이 덜 들고 시간도 줄어들었다. 체력이 약한 내가 가장 만족하는 부분이다.

다음으로는 꺼내 쓰는 빈도에 따라 물건을 수납했다. 자주 쓰는 물건일수록 허리를 굽히지 않아도 되는 중간 높이에 두고, 물컵이나 설거지 도구는 바로 꺼내 쓸 수 있도록 오픈 수납을 했다. 오픈 수납을 하면 사용하기도 편하지만 물기를 빨리 말릴 수 있어서 더욱 좋다.

이제 수납하는 일만 남았다. 집이 좁을수록 물건이 보이지 않게 정리해야 깔끔해 보인다. 수납 효율을 높이기 위해서 다양한 도구를 활용하고, 단정해 보이도록 색깔을 흰색으로 통일했다.

주방의 작은 물건들은 종류별로 바구니에 담았다. 키 작은 물건들을 싱크대 선반에 보관하면 위쪽에 공간이 남는데, 끼우는 선반을 설치한 후 길쭉한 텀블러를 눕혀서 보관하니 공간을 효율적으로 활용할 수 있었다. 접시는 접시 정리대를 이용해 조금씩 나누어 수납했다. 랩이나 호일 같은 주방 일회용품은 덮개 부분을 잘랐다. 각종 색깔이나 글자가 보이지 않으니 서랍 내부가 산만하지 않아서 물건을 찾는 시간도 단축되었다.

새로운 수납공간을 만들기도 했다. 싱크대 문 안쪽에 상자를 잘라 붙이거나 세탁소용 옷걸이를 구부려 행주걸이를 만들기도 했고, 다양한 걸이식 제품들을 구입해서 사용하기도 했다. 상부장 아래에는 키친타월을 걸 수 있는 제품을 설치했다. 필요할 때 손쉽게 뜯어 쓸 수 있을 뿐만 아니라 앞면이 철제라

자석을 이용하면 레시피나 메모, 조리용 타이머를 붙여 둘 수 있어 편리하다.

똑같은 물건이 여러 개 있을 때는 편의점에서 제품을 채워 두는 것처럼 세로 수납을 했다. 일렬로 수납하면 어떤 물건이 있는지 한눈에 볼 수 있고 물건을 꺼내도 흐트러지지 않는다. 잘 세워지지 않는 물건은 북엔드로 받치거나 압축봉을 서랍에 끼워 칸을 나누었더니 쓰기 좋게 정리할 수 있었다.

마지막으로 주방에 꼭 필요한 것이 있다. 바로 '잡동사니 바구니'다. 주방은 자잘한 잡동사니가 많이 생기는 공간이다. 나는 고무밴드, 비닐봉지, 제습제, 쿠폰 등 작은 물건들은 잡동사니 바구니에 넣어 두었다가 한 번에 정리한다. 주방뿐 아니라 잡동사니가 많이 생기는 곳에는 이런 용도의 상자를 하나씩 두면 좋다. 시간이 날 때 잡동사니 상자를 정리하면 되니, 나같이 게으른 사람도 심플한 생활을 유지할 수 있다.

청소 도구에도 제자리를

깔끔한 걸 좋아해서 되도록 보이지 않는 곳에 물건을 수납하려고 노력한다. 하지만 하루에도 몇 번씩 쓰는 물건은 예외다. 게으름이 깔끔해 보이고자 하는 마음을 이겼다고나 할까. 자주 쓰는 도구는 그 물건을 사용하기 위해 문을 열거나 용기에서 찾아 꺼내는 작은 행동도 번거롭게 느껴질 수 있다. 내가 그랬듯이.

주방에 있는 시간이 별로 없던 시절에는 사용하지 않는 긴 컵에 여러 가지 청소 도구를 한꺼번에 꽂아 두고 필요할 때 꺼내 썼다. 그런데 결혼 후 주방 청소 도구를 쓸 일이 늘어나면서 문득 쓸 때마다 꺼내는 일이 귀찮게 느껴졌다. 결국 주방

벽을 이용해 청소 도구를 오픈 수납 하기로 했다. 개수대 위쪽 벽에 훅을 하나씩 붙여서 도구들을 배치했다.

이렇게 하니 도구들의 상태가 자세히 보였다. 아랫부분이 뭉개진 병솔을 쓸 때마다 '바꿔야지.' 생각했다가도 돌아서면 잊어버렸는데 계속 보이니 바꿀 수밖에. 수세미도 사용 후에 좀 더 깨끗이 헹구고, 자주 소독하고, 교체했다. 예전에는 한 번씩 청소 도구를 꽂아 두었던 컵도 물때를 씻어야 했는데, 벽에 걸어서 사용하니 설거지한 뒤 개수대와 선반을 스윽 닦는 것으로 충분해서 일이 하나 줄어든 느낌이다.

오픈 수납을 하다 보니 청소 도구의 모양에도 관심이 생겼다. 우선 색깔을 통일하기로 했다. 주방 벽타일이 흰색이니 흰색으로 맞추면 될 것 같았다. 그런데 주방 도구들은 워낙 소재가 다양해서 한두 가지는 꼭 다른 색깔이 끼어들었다. 색깔을 맞추는 것은 아무래도 어려울 것 같아서 포기.

대신 내가 좋아하는 자연 소재 제품을 쓰기로 마음먹었다. 그런데 신기하게도 통일감이 느껴졌다. 나무, 스테인리스, 동물의 털 같은 친환경 소재들은 저마다 다른 색을 띠고 있어도 이질감이 들지 않고 잘 어우러졌다. 나무 손잡이와 말의 갈기

털로 만든 레데커 병솔은 가장 좋아하는 주방 도구 중 하나다.

나무 소재는 관리가 어려울 것 같았는데 걸어서 말리니 곰팡이도, 갈라짐도 없었다. 솔 부분은 촘촘하면서도 부드러워 흠집 없이 씻긴다. 모의 탄성이 높아 사이사이 세척도 잘되는데다 변형도 거의 없었다. 종종 소독을 하며 썼더니 오랫동안 깨끗하게 쓸 수 있었다.

블로그를 통해 관심사가 비슷한 이웃들을 만나면서 서로 친환경 아이템을 추천하고 선물을 주고받기도 했다. 손재주가

콕콕콕콕
포크

휘적휘적
거품기

북북슥슥
감자칼

쓱쓱싹싹
청소솔

촉촉착착
브러쉬

향기듬뿍
세제통

국물가득
국자

뛰어난 이웃이 직접 만들어 준 삼베 수세미는 부드럽고 사용감이 좋아서 과일 씻을 때 종종 쓴다. 회색빛이 도는 오묘한 베이지색 삼베 수세미의 촘촘하고 아름다운 짜임새를 보고 있으면 얼굴도 본 적 없는 이웃의 온화하고 단정한 성품이 전해지는 것 같아서 미소가 지어진다.

물건을 용도에 맞게 정리하고, 내가 쓸 도구를 하나하나 골라서 채우는 과정은 이제 내게 새로운 즐거움이 되었다. 나름의 고심 끝에 완성된 나의 살림 도구들. 가끔 유리 화병에 초

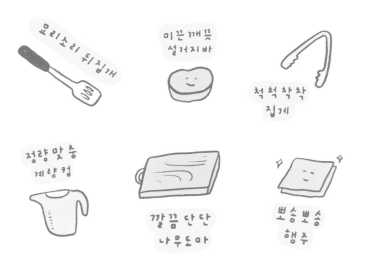

요리조리 뒤집개

미끈깨끗 설거지바

척척착착 집게

정량맞춤 계량컵

깔끔단단 나무도마

뽀송뽀송 행주

록 잎줄기를 꽂아 주방에 둘 때가 있다. 그러면 하얀 주방 벽이 나만의 미술관으로 변신한다. 이 가지런한 풍경을 마주할 때면 그간 나에게 얼마나 많은 변화가 있었는지 느껴져 새삼 놀란다.

주방은 내 상태를 보여 주는 바로미터다. 어지럽혀진 주방은 내가 지금 무리하고 있다는 증거다. 문득 주방이 지저분해졌다는 생각이 들면 앞뒤 일정을 조율한다. 그러고 보면 주방이 건강과 직결되는 곳이라는 말이 맞는 것 같다. 주방은 예쁘게 꾸미는 것보다 몸과 마음의 건강을 위해 쉽게 지속할 수 있도록 가꾸는 것이 더욱 중요하다는 것. 주방을 정리하면서 얻은 깨달음이다.

 계절을 담은 잼 만들기

여름이 막 시작되려던 날, 마트에서 싱싱한 자두를 사 왔다. 자두는 아빠가 제일 좋아하시던 과일이다. 어렸을 적 여름 방학이면 집에는 자두가 넘쳐 났다. 그때 아빠는 맛있는 자두를 잘만 골랐는데, 나는 왜 이렇게 어려운지. 내가 고른 자두는 겉보기엔 빨갛고 예쁜데 신맛이 강했다. 한번은 아빠에게 자두 고르는 방법을 물어보았다. 그런데 설명이 아리송했다. 눈으로 보이는 게 전부가 아니라며, 말로 설명하긴 어렵고 직접 만져 보고 들어 봐야 한다고. 그냥 자두를 사지 말아야겠다.

그러던 어느 날 장을 보다가 유난히 알이 크고 싱그러워 보이는 자두를 발견했다. 예쁘게도 생겼네. 이번에는 다르지 않을까? 근거 없는 자신감으로 덜컥 자두를 샀다. 하지만 역시나 또 실패. 한 입 베어 물자마자 시큼한 과즙이 나오는데 얼마나 신지 턱이 아려서 두 입은 못 먹을 것 같았다.

하지만 이렇게 버릴 순 없지. 몸서리치게 신 자두를 잼으로 만들기로 했다. 딸기잼을 만들어 본 후 대부분의 과일은 잼으로 만들 수 있다는 걸 알게 되었다. 잼이란 숙련된 살림 달인들만 만드는 건 줄 알았는데, 직접 해 보니 생각보다 간단했다. 게다가 장기 보관이 가능하니 음식 소비량이 많지 않은 1~2인 가구에 유용한 조리법이었다.

잼으로 만들 과일과 설탕, 큰 냄비와 잼을 담을 유리병만 있으면 준비 끝. 잼이 끓으면서 주변으로 튈 수 있기 때문에 냄비는 넉넉한 크기가 좋다. 나는 커다란 잼팟을 사용한다. 잼팟은 청을 만들 때 재료를 한꺼번에 넣어 섞거나, 행주를 삶을 때, 식기와 수저를 끓는 물에 소독할 때도 유용하다. 잼을 담는 유리병은 평소 모아 두었다 사용하는데, 음식을 담았던 유리병 중 예쁜 것을 깨끗이 씻어 따로 보관한다.

잼을 만들 때 제일 먼저 하는 건 유리병을 열탕 소독하는 일이다. 유리병을 깨끗이 씻었다 해도 장기 보관하며 먹는 잼을 담으려면 소독을 해서 눈에 보이지 않는 세균을 제거해야 한다. 넓은 냄비에 물을 약간 담아 유리병을 뒤집어서 세워 놓고 물을 끓이면 뜨거운 수증기가 병 안에 가득 찬다. 이 수증기가 병 안을 소독하는 것이다. 몇 분 정도 더 끓이다가 꺼내서 그대로 두면 남은 열기에 물기가 금방 마른다. 청이나 피클, 장아찌를 만들어 담는 병도 같은 방법으로 소독하여 사용한다.

유리병을 소독하고 말리는 동안 자두를 준비한다. 베이킹 소다를 푼 물에 넣고 깨끗이 문질러 씻은 후, 식초를 희석한 물에 잠시 담갔다가 헹궈서 건진다. 과일로 청을 만들 때는 표면의 물기도 전부 말려야 하지만 잼을 만들 때는 물기가 남아 있어도 되니 만들기가 더 쉽다.

단단한 자두씨는 발라낸다. 자두는 끓으면서 과육이 부드럽게 뭉개지는 편이라 반으로만 잘라서 넣어도 괜찮다. 청귤이나 유자처럼 속껍질이 질긴 과일은 믹서에 한 번 갈아 주면 훨씬 부드러워진다. 딸기처럼 잘 뭉그러지는 과일은 절반은 갈고 절반은 통째로 넣어서 끓이면 살짝 과육이 씹히는 잼으로 만들 수 있다.

잼팟에는 자두와 설탕을 같은 무게만큼 계량해서 넣는다. 며칠 내에 금방 먹을 수 있는 적은 양이라면 설탕의 비율을 줄이고 가볍게 끓여서 콩포트처럼 만들어도 좋다. 하지만 오래 두고 먹을 거라면 1:1 비율이 안전하다. 처음에는 센 불로 끓이다가 보글보글 기포가 올라오기 시작하면 약한 불에서 저어가며 졸인다. 그 과정에 자두 껍질이 저절로 분리된다. 껍질과 거품을 걸어 내다가 약간의 점도가 느껴지면 불을 끈다. 잼이 식기 전에 열탕 소독한 유리병에 옮겨 담으면 완성!

잼 만들기에서 가장 어려운 건 점도 맞추기다. 잼은 식으면서 조금씩 굳는데 냉장고에 보관하면 더 굳어진다. 처음 잼을 만들었을 때 걸쭉해질 때까지 졸인 후 냉장고에 넣었더니 다음 날 엿처럼 딱딱해져 있었다. 점도가 너무 부족할 경우에는 다시 가열하면 되니까, 지나치게 졸이기보다는 약간 묽다 싶을 때 마무리하는 게 낫다.

자두잼은 다홍색과 자주색의 중간색을 띤다. 뜨거운 태양의 기운이 느껴지는 여름의 색이라고나 할까? 보기만 해도 기분이 상큼해지고 식욕이 돋는다.

자두 고르는 솜씨가 없다고 실망하지 말자. 맛있는 자두는 못 골라도, 맛있는 자두잼은 누구나 만들 수 있으니. 자두잼은 과육이 부드러워 노릇하게 구운 토스트에도 슥슥 잘 발린다. 새콤한 자두 향이 그대로 담긴 적당한 달달함도 좋다. 쌉싸름한 아메리카노를 곁들이면 입맛 없는 여름 아침에도 더없이 훌륭한 식사가 된다.

재활용한 유리 요구르트병에 자두잼을 담았다. 뚜껑에 상표가 있는 부분에는 동그란 스티커를 하나 붙였다. 자두 잼을 다 먹고 나면 이 병에는 또 새로운 잼이 담기고 새로운 스티커가 붙을 것이다. 쓰임이 다한 제품들이 새로운 쓰임으로 계속 사용된다. 사람마저 소모품처럼 쓰이는 시대를 역행하고 싶은 마음의 실천이랄까.

선물할 잼은 새로 산 유리병에 담았다. 뚜껑에 도일리 페이퍼를 감싸고, 마 끈으로 두른 후 리본을 묶었다. 작은 병 안에 여름이 담겼다. 이 잼을 받은 누군가에게 뜨거운 여름 속 작은 즐거움이 전해지기를.

게으른 사람의 삼시 세끼

미니멀 라이프를 하면서 확실히 깨달았다. 나는 절대 부지런한 사람이 아니라는 것을. 아니, 게으른 사람이라는 것을. 전에는 내심 시간이 없었을 뿐 여유가 생기면 나도 규칙적이고 바람직한 생활을 할 수 있을 거라는 막연한 자신감이 있었다. 매일 일찍 일어나서 깨끗이 몸단장을 하고, 삼시 세끼 직접 요리해서 밥을 해 먹고, 계획한 일은 미루지 않고 바로바로 해내고, 저녁에는 운동 후 취미 활동을 하다가, 밤이 되면 자연스레 잠자리에 드는 그런 생활. 왠지 남들은 다 잘하고 있을 것 같은 그런 생활 말이다.

직장을 그만둔 직후에는 한동안 마음껏 쉬었다. 그러다 이제

슬슬 규칙적인 생활을 해 볼까 하고 오만방자한 다짐을 한 순간 내 몸과 머리가 따로 노는 것을 경험했다.

눈 뜨는 시각과 침대에서 몸을 일으키는 시각은 한참 차이가 났다. 매일 밤 야심 찬 계획을 세우고 잠에 들었다가 다음 날 아침 침대에서 취소해 버리기 일쑤였다. 나는 출근이라는 엄청난 압박이 있을 때만 일어나서 바로 씻을 수 있는 사람이었던 것이다.

시간이 많아지면 요리도 자주 하고, 식사도 제때 챙길 줄 알았다. 그런데 요리는커녕 삼시 세끼를 때우는 것조차 쉽지 않았다. 해 놓은 것 없이 하루가 빨리 흘러갔고, 취침 시간은 점점 더 늦어졌다.

어릴 때부터 부모님께 숱하게 듣던 그 잔소리를 인정할 때가 온 것이다. 그래, 나는 천성이 게으르다. 인정을 하니 현 사태가 조금은 덜 억울한 것 같았다. 하지만 달라지고 싶은데 이를 어쩐담.

건강 회복이 시급했던 나에게 가장 큰 문제는 식생활이었다. 아침엔 입맛이 없어서, 점심은 귀찮아서 거르다가 저녁 한 끼 배부르게 먹는 생활이 이어지니 체력이 늘 바닥에 머물렀다.

엉망진창이 된 식습관을 대체 어떻게 해야 할까.

무엇이든 일단 시작해 보자. 새로운 행동이 습관화되려면 최소 3주는 걸린다고 하니, 우선 3주만 꾸준히 해 보기로 했다. 이런저런 시도가 내 게으름 앞에 무너져 갈 때 시스템을 만들어야겠다는 생각이 들었다. 저녁은 잘 챙겨 먹으니 저녁 식사 준비를 할 때 다음 날 먹을 아침과 점심도 미리 만들어 보기로 했다.

아침에는 입맛이 없으니 좋아하는 것으로만 준비했다. 저녁에 과일을 먹을 때 하나 더 잘라서 밀폐 용기에 넣어 두었다. 금방 자른 것보다는 맛이 덜하지만 안 먹는 것보다는 낫겠지. 해동이 필요한 빵이나 떡은 저녁 식사 후 냉동실에서 꺼내 식탁 위에 올려 뒀다. 곁들일 차도 미리 골라서 컵과 함께 그 옆에 뒀다. 전기 포트에는 물도 미리 담았다. 아침이 되면 전기 포트의 버튼을 누르고 냉장고에서 과일을 꺼내 간단히 식사할 수 있도록.

점심은 도시락을 싼다는 생각으로 준비했다. 매일 준비하는 것은 어려울 것 같아 일주일에 최소 두 번을 목표로 정했다. 저녁 준비를 하면서 고기반찬 한 가지, 채소 반찬 두 가지 정도를 칸이 나눠진 유리 밀폐 용기에 담았다. 그러고는 냉장고 제일 위 칸에 잘 보이게 올려 두었다. 그러자 다음 날이면 귀찮아도 어제저녁 나를 위해 도시락을 준비한 정성이 생각나 꺼내 먹게 되었다.

샐러드를 먹을 때는 사흘 정도 먹을 양을 한꺼번에 손질한 후 작은 통 서너 개에 나눠 담았다. 그러면 신선함이 오래 유지되면서도 먹고 난 통은 바로 치울 수 있어 냉장고를 정돈하기도 쉽다. 요리는 조리 시간이 짧고 쉬운 것 위주로 했다. 요리 실력은 좀처럼 늘지 않았지만, 레시피를 꺼내 보지 않아도 기억할 수 있는 요리 수는 점차 늘었다. 저녁 시간이 되면 매일 한두 가지 요리를 했다. 입 짧은 스스로를 탓하며 새로운 요리를 계속하다 보니 조금씩 식습관이 자리를 잡아 갔다.

직장에 다닐 때도 이랬으면 좋았을 텐데. 그때 내가 나를 아끼는 방법을 알았다면 얼마나 좋았을까. 수술 직후에라도 이렇게 먹었더라면 회복이 빨랐을 텐데……. 이제는 잘 챙겨 먹고 있다는 사실이 뿌듯하면서도 예전 같지 않은 체력을 생각하니 조금 서글퍼졌다. 하지만 이미 벌어진 일, 후회한들 어쩌겠는가. 어차피 모든 사람은 노쇠해진다. 남들보다 조금 빨리 그 시기가 왔을 뿐, 지금부터라도 잘 관리해서 건강한 삶을 되찾아야지.

요즘은 운동 습관을 들이는 중이다. 해 보니 식습관보다 더 어려운 것 같다. 아마도 내 게으름을 잡으러 온 최종 보스가 아닐까. 산책이나 등산은 좋지만 갑갑하고 지루한 실내 피트니스 센터는 아무리 집 가까이에 있어도 자꾸 빼먹게 된다. 하지만 365일 중 야외 운동을 할 수 있는 날은 그리 많지 않다. 봄에는 황사와 미세 먼지가 심하고, 여름에는 너무 덥고, 겨울에는 너무 춥다. 게다가 눈과 비가 오는 날까지 빼면 봄가을 맑은 날에나 가능한데, 이런 날은 또 꽃놀이며 단풍놀이를 가야 하지 않은가.

귀찮지만 뿌듯했던 도시락 싸기가 습관이 될 수 있었던 것처럼 부디 운동도 건강한 습관으로 자리 잡길. 그러고 나면 더 이상 천성에 반하는 노력은 하지 말아야겠다. 밥 잘 먹고, 살림하고, 운동하고, 제 할 일을 다 하고 나면 마음껏 게으름을 부려도 괜찮겠지!

냉장고 속에도 질서를

일을 그만두고 나서 한동안 불안감이 계속 따라다녔다. 언젠가 다시 복직해야 할 텐데 건강이 회복될 거라는 확신이 들지 않았다. 갖고 있는 돈으로는 언제까지 쉴 수 있을지, 충분히 쉬고 나서도 체력이 돌아오지 않으면 어떻게 해야 할지, 혼자서 남은 평생을 제대로 살아갈 수 있을지. 답 없는 걱정들이 꼬리에 꼬리를 물며 고스란히 마음에 내려앉았다.

그럴 때마다 집 정리를 했다. 갈 곳 없이 흐트러져 있는 물건들이 보이면 머릿속을 정리하듯 하나하나 제자리를 만들어 주었다. 그러다 보면 실체 없는 고민은 배경처럼 뒤로 물러나 멀어졌다. 이렇게 정리는 내게 불안의 치료제가 되어 마음을 안

정시켜 주었다.

어느 날은 문득 냉장고 정리를 해야겠다는 생각이 들었다. 아니, 해야 할 것만 같았다. 냉동실 한쪽 구석에 있는 정체 모를 검은 봉지들을 다 치워 버리겠다고 결심했다. 어쩌면 틈만 나면 스멀스멀 올라오는 내 마음속 알 수 없는 불안감마저 깨끗이 치워 버리겠다는 다짐이었는지도 모른다.

싱크대 정리를 할 때처럼 냉장고 안쪽도 구역을 나누었다. 자리를 정해 두면 물건을 찾기 쉽고 보관할 때도 자리를 만들어야 하는 수고를 덜 수 있다. 우선 냉장실부터 시작해 볼까?

냉장실은 60퍼센트 정도 채웠을 때 냉기를 가장 효율적으로 쓸 수 있다고 한다. 그래서 제일 위쪽 선반은 비워 두었다. 위쪽이 비어 있으니 냉기 순환이 잘되어 냉장고 안 온도가 고르게 유지되었다. 또한 갑자기 케이크나 덩치 큰 냄비를 통째로 보관해야 할 때 음식이 담긴 용기를 이리저리 옮겨 자리를 만들지 않아도 되니 편했다. 한쪽 구석에는 구멍이 뚫린 작은 바구니를 두고 유통 기한이 얼마 남지 않은 식재료를 보관했다. 보이는 곳에 두니 바구니 속 재료도 빨리 쓰게 되어 제일 위쪽 선반은 여유로울 때가 많다. 제일 위쪽 선반 한 칸만 정리했을 뿐인데 미궁 같았던 냉장고가 쾌적한 저장고가 되었다.

눈높이에 위치한 냉장실 두 번째 칸에는 반찬을 뒀다. 식사 준비할 때 이 칸에서만 반찬을 찾으면 되니 준비 시간이 빨라졌다. 냉장고 안쪽에 음식이 있는지 모르고 방치했다가 상해서 버리는 일도 훨씬 줄었다.

세 번째 칸은 다음번 요리에 쓸 재료를 보관했다. 예를 들면 스테인리스 용기에 스테이크용 소고기를 시즈닝해서 두거나, 찌개에 들어갈 야채를 미리 손질해서 놓아 둔다. 위쪽 공간이 남아서 튼튼한 서랍형 레일 바스켓을 설치하고 계란을 담았더니 분리된 공간이라 온도 변화가 적어서 계란의 신선도가 잘 유지되었다.

그 아래쪽 선반에는 커다란 김치통과 고추장, 된장 같은 장류, 매실청을 담은 유리병을 보관했다. 김치나 장류처럼 무거운 음식은 허리 높이와 비슷한 중간 아래쪽 선반에 두었더니 힘들이지 않고 꺼낼 수 있어 좋았다.

도어 칸에는 여분의 소스나 음료 등을 보관했다. 우리 집 냉장고에는 도어 칸 일부를 문밖에서 열 수 있는 미니 홈바가 있는데, 여기에는 영양제, 간식류를 보관해 냉장고 문을 열지 않아도 바깥에서 바로 꺼낼 수 있도록 했다. 요리할 때 쓰는 식용유와 양념, 소스도 홈바에 보관했다. 이렇게 하니 쓰기도 편하고 냉기 관리도 잘되었다.

냉장실 가장 아래쪽에는 서랍형 신선실 두 개가 있다. 그중 위쪽 서랍에 채소와 과일을 보관하고 나니 아래쪽 서랍에는 넣을 것이 없었다. 다용도실 구석에 놓여 있던 쌀을 냉장실에 넣으니, 집이 넓어지는 뜻밖의 효과가 나타났다.

이제 냉동실 차례다. 우선 적정 수납 비율부터 확인한다. 냉동실은 냉기가 통할 정도만 남기고 꽉 채울 때 효율이 높다고 한다. 하지만 냉동실 선반은 깊이가 깊어서 음식을 꽉 채우면 안쪽에 있는 재료가 잘 보이지 않고 꺼내기도 어렵다. 어떻게 해야 할까. 싱크대를 정리할 때처럼 바구니와 저장 용기, 지퍼백을 활용해 보기로 했다.

종류별로 바구니에 담아 안쪽에는 자주 쓰지 않는 재료를 보관하고 입구 쪽에는 자주 쓰는 재료를 두었다. 동일한 크기와 색깔의 제품을 사용해 정리했더니 깔끔해 보였다. 냉장고 입구 쪽은 항상 비닐봉지가 이리저리 쓰러져 있었는데 바구니 안에 지퍼백이 차곡차곡 담겨 있으니 찾기도 쉽고 물건을 꺼낼 때 흐트러지지 않아서 좋았다. 안쪽에 있는 재료를 꺼낼 때는 입구 쪽에 놓은 바구니를 통째로 들어내면 되니 수월했다.

냉동실도 자리를 정해 두었다. 냉기가 위에서 아래로 흐르니 제일 위쪽 선반 절반은 가능하면 비워 두고, 종종 식재료를 지퍼백에 담아 반듯하게 눕혀서 얼릴 때 사용했다. 도어 칸에는 자주 쓰는 재료들을 투명한 통에 담아서 이름표를 붙인 후 보관했다. 칸마다 육수를 만들 때 쓰는 마른 재료, 마늘·대파·고추 등의 양념 재료, 면류, 분말류 등을 나누어 수납했더니 찾기도 쉽고 보기에도 좋았다.

냉동실은 도어 칸의 쓰임새가 많아서 문에 붙어 있던 덩치 큰 아이스 트레이를 떼어 냈다. 그 자리에 있던 얼음 보관통은 테이프로 단단히 고정해 선반으로 사용하고 있다. 얼음은 따로 커다란 얼음 틀과 통을 구입해 쓰기로 했다. 이렇게 하니 아이스 트레이를 냉동실에 끼우거나 돌려서 얼음을 빼낼 때마다 냉장고 문을 계속 열고 있느라 냉기가 빠져나갈 걱정을 하지 않아도 되었다. 새로 구입한 얼음통은 냉기가 마지막으로 모이는 곳인 냉동실 제일 아래 칸 한쪽에 두었다.

우리 집 냉동실 아래쪽에는 서랍 칸이 두 개 있다. 급속 냉동이 가능한 칸에는 육류와 생선을 보관하고, 다른 칸에는 실내에 보관하던 건조 재료 여분을 넣어 두었다. 또다시 주방이 조금 더 넓어졌다.

　냉장고 정리를 하고 난 후 식습관에 변화가 생겼다. 금요일이면 냉장실의 재고를 파악하고 주말에 먹을 음식을 계획한다. 월말에는 냉동실 식재료를 비우는 요리를 했다. 일명 냉장고 파먹기. 주기적으로 냉장고 정리를 하니 식재료의 순환이 빨라지고, 음식이 상해 버리는 일도 줄었다. 식비 계획도 세울 수 있고, 쓰레기로 환경에 부담을 주는 일도 줄었다. 그리고, 건강이 좋아졌다. 가장 큰 수확이다.

가족 건강 책임지는 친환경 세제 삼총사

미니멀 라이프에 빠져들수록 친환경 세제와 가까워졌다. 물건을 많이 들이지 않으려 하다 보니 자연스레 활용도가 높은 물건을 선호하게 되었다. 마트에 가면 욕실용, 변기용, 주방용, 세탁용 등 각종 세제가 공간별 또는 용도별로 나누어져 판매되는데, 친환경 세제로 알려진 베이킹 소다, 구연산, 과탄산 소다 삼총사는 어디에든 두루 쓸 수 있어 여러 가지 세제를 구비할 필요가 없었다. 인체에도 안전하고 자연적으로 분해되니 이보다 더 좋을 수 없었다.

내가 가장 즐겨 쓰는 세제는 베이킹 소다다. 베이킹 소다는 바닷물이나 호수 바닥의 물, 지하수 등이 증발하고 남은 침전

물에서 불순물을 제거한 미네랄 물질이다. 요리할 때도 사용할 수 있는데, 사용한 물을 흘려보내기만 해도 수질이 개선된다고 한다. 주로 물에 희석해서 사용하고, 강한 세정력을 원할 때는 물의 비율을 줄인다. 식품용으로 쓸 때는 사용 기한이 2~3년이지만, 청소용으로 쓸 때는 거의 무기한 사용할 수 있다. 나는 1킬로그램씩 지퍼백에 담긴 제품을 구입해 작은 통에 덜어서 쓴다.

어떤 제품을 써도 비슷한 효과를 내지만, 덜어 쓰는 용기는 중요하다. 자주 사용하는 만큼 가볍고 뚜껑을 여닫기 편하면서 양 조절이 쉬운 통이 좋다. 나는 입구가 뾰족하고 용기의 몸체는 넓은, 반투명한 분말통을 쓴다. 입구가 너무 넓지도 좁지도 않아서 흩뿌려 쓰기에 좋다. 입구 끝에는 돌려서 여는 작은 뚜껑이 있는데, 이 뚜껑에 베이킹 소다를 채우면 약 2그램이 되어서 계량스푼이 따로 필요 없다. 용기 자체의 입구가 넓어서 깔때기가 없어도 분말을 채울 수 있고, 반투명이라 내용물이 얼마나 남았는지 확인하기도 편하다.

베이킹 소다는 알칼리성 세제라 기름때와 같은 산성 오염에 특히 효과가 좋다. 설거지나 세탁, 청소, 과일과 채소를 씻을 때 주로 활용한다. 냉장고 탈취제로도 훌륭하다. 입구가 좁은 유리병에 베이킹 소다를 담고 레몬 에센셜 오일을 몇 방울 떨어뜨려 냉장고 구석에 놓아 두면 상큼한 레몬 향이 냉장고를 채우고 각종 냄새를 잡는다. 효능이 다해 냉장고에서 음식 냄새가 느껴지면 싱크대 개수대에 부어서 청소용으로 쓰고, 다시 새로운 베이킹 소다를 채워 넣으면 된다.

베이킹 소다에는 미세한 연마 작용이 있어 프라이팬과 같이 코팅된 물건에 문질러 쓰는 것은 주의해야 한다. 반대로 유리병에 붙은 스티커 자국이 잘 떼어지지 않을 때는 베이킹 소다를 푼 물에 담갔다가 문지르면 벗겨 낼 수 있다.

구연산도 베이킹 소다 못지않게 자주 쓴다. 구연산은 당밀을 발효시켜 얻은 성분으로, 식초와 같은 역할을 하지만 식초보다 가성비가 뛰어나다. 분말 형태이기 때문에 원하는 농도를 만들어 쓰기 쉽고, 식초처럼 시큼한 냄새도 나지 않는다. 습기를 빨아들이는 성질이 강해서 잘 밀폐하지 않으면 덩어리로 뭉치기 쉽지만, 사용하는 데에는 이상이 없다. 베이킹 소다와 마찬가지로 식품용으로 쓸 때는 사용 기한이 2~3년이고, 청소용은 무기한으로 쓸 수 있다.

구연산은 산성 물질이라 물때나 세제 찌꺼기 같은 알칼리성 오염을 지울 수 있다. 씻어도 지워지지 않는 수도꼭지의 하얀 얼룩, 물만 끓이는 전기 포트 바닥에 생긴 동그란 점 같은 얼룩, 스테인리스 냄비의 뿌연 얼룩은 모두 알칼리성 오염이다. 일반 세제로는 아무리 문질러도 지워지지 않지만 구연산을 물에 희석해서 뿌린 후 마른행주로 닦거나 구연산수에 담그면 깨끗이 지워진다. 스테인리스로 된 수저나 식기에 광택이 사라졌을 때, 식기세척기를 사용한 후 그릇에 하얀 얼룩이 남았을 때도 같은 방법으로 구연산수에 담갔다가 헹구면 된다. 생선 냄새, 담배 냄새, 소변 냄새도 알칼리성이기 때문에 구연산을 사용해야 중화되어 사라진다.

살균이 되는 강한 산성은 아니지만 세균 수를 줄이는 정균 작용은 할 수 있어 주방에서 특히 쓰임새가 많다. 매일 저녁 설거지 후 수세미와 행주를 세척하고 나서 구연산을 희석한 물에 10분 정도 담가 두었다가 말리면 위생적으로 쓸 수 있다. 내부를 세척하기 힘든 전기밥솥도 구연산을 이용하면 관리가 편하다. 구연산수를 절반 정도 붓고 취사 버튼을 눌렀다가 증기가 나오기 시작하면 잠시 후 끈다. 증기를 통해 나온 때를

면봉 등을 사용해 구석구석 닦고, 깨끗한 물을 부어 다시 취사 버튼을 누르면 끝.

마지막은 과탄산 소다다. 베이킹 소다와 구연산보다 사용 빈도는 덜하지만 표백이 필요할 때마다 쓰다 보니 사용량은 제일 많은 것 같다. 과탄산 소다는 물과 만나면 산소를 발생시켜 얼룩을 분해하는 산소계 표백제다. 화학 잔여물이 거의 남지 않아 안심하고 쓸 수 있고, 산소계 표백제라 색깔 옷에도 물 빠짐 걱정 없이 사용할 수 있다.

천연 직물에서는 더욱 효과가 뛰어나서 면으로 된 티셔츠, 수건, 속옷, 행주 등을 표백하기에도 좋다. 평소 세탁을 할 때 일반 세제에 더해 넣기도 하고, 얼룩이 묻은 곳에 따로 사용하기도 한다. 직물뿐 아니라 밀폐 용기의 고무 패킹에 양념이 묻었을 때도 패킹을 분리해서 씻은 후 과탄산 소다를 푼 물에 담그면 말끔히 지워진다.

친환경 세제 삼총사는 단독으로 사용하기도 하지만 때에 따라 섞어서 사용하기도 한다. 다만 베이킹 소다와 구연산은 성질이 반대라서 순서를 나눠서 써야 한다. 보통은 베이킹 소다를 희석한 물을 사용해 기름때를 씻은 다음, 구연산을 희석한 물로 남은 세제나 세균을 없애고 광택을 낸다. 간혹 동시에 쓰는 경우도 있다. 보온병의 뚜껑처럼 솔이 구석까지 닿기 힘든 구조의 물건을 세척할 때다. 염기성 물질인 베이킹 소다와 산성 물질인 구연산을 동시에 쓰면 다량의 이산화 탄소 공기 방울이 발생한다. 이 공기 방울의 힘으로 손이 잘 닿지 않는 곳의 찌꺼기를 청소하는 것이니, 공기 방울이 빠르게 많이 발생할수록 세척력이 강해진다.

친환경 세제 삼총사는 쓰임새가 무궁무진해서 수많은 세제를 대체할 수 있다. 요즘 나는 수건과 속옷을 세탁할 때 친환경 삼총사를 사용한다. 베이킹 소다와 과탄산 소다를 1:1 비율로 섞어서 세제 대신 넣고, 헹굴 때는 1퍼센트 농도의 구연산수를 넣는다. 이 방법에 대한 확신이 들면 일반 세탁에도 적용할 것이다. 그러면 또 한 가지 물건이 줄어들겠지.

물건이 줄어들면 신경 써야 할 일도 함께 줄어든다. 친환경 세제를 쓰기 전에는 각종 세제를 때에 맞춰 구비해 둬야 했다. 크기도 형태도 제각각인 세제들은 보관할 공간이 마땅찮아서 정신없게 쌓아 두곤 했는데, 지금은 지퍼백에 포장된 친환경 세제 삼총사를 세탁기 아래 서랍에 보관한다. 종류가 많지 않으니 어떤 것이 부족한지 파악하기 쉽다. 여유 있게 몇 봉지씩 쟁여 두어도 비슷하게 생겨서 번잡스럽지도 않다. 또한 어느 브랜드이건 효과가 비슷하니 온라인을 여기저기 돌아다니며 비교할 필요가 없다.

그동안 나는 왜 그렇게 사소한 일에 시간을 쏟으며 바쁘다고 짜증을 냈을까. 친환경 세제 삼총사는 물리적 건강을 넘어 정신적 건강까지 챙겨 준 우리 집 미니멀 라이프의 숨은 공신이 아닌가 싶다.

 여름날의 청소법

체력이 약한 나에게 여름은 쉽지 않은 계절이다. 바닥에 쩍 쩍 붙는 발을 뗄 때마다 기력이 빨려 나갈 것 같은 장마철, 창 문을 열자마자 들어오는 후끈한 열기에 숨이 턱 막히는 폭염, 끝날 줄 모르는 열대야로 밤잠을 설쳐 몽롱하게 보내는 하루 하루. 하지만 내 컨디션과는 별개로 청소는 더욱 신경 써야 하 는 계절. 여름에도 깨끗하게 지내려면 어떻게 해야 할까. 방법 을 찾던 중 '도미노 청소법'이라는 걸 발견했다.

도미노 청소법의 핵심은 연속성이다. 일상적이고 반복되는 몇 가지 일을 도미노처럼 연속적으로 처리하면 빨리 끝낼 수 있다는 것이다. 그래, 더 이상 일을 줄일 수 없다면 차라리 빨리 끝내 버리는 편이 낫지. 나는 도미노 청소법을 활용해 주방의 루틴을 만들었다.

여름의 주방은 매일이 물때와의 전쟁이다. 고온다습한 환경에서는 평소보다 빠르게 물때가 주방에 퍼지기 때문이다. 이럴 때 청소와 소독을 쉽고 빠르게 끝낼 수 있는 나만의 도미노 청소법을 소개한다.

여름철 주방의 도미노 청소법은 전기 포트를 구연산으로 세척하는 것에서부터 시작한다. 여름에는 주변 온도를 높이는 인덕션 대신 전기 포트를 사용하는 일이 많다. 그러다 보니 전기 포트를 청소하는 주기가 짧아진다.

먼저 전기 포트에 물을 가득 담고 구연산을 조금 넣어서 끓인다. 산성인 구연산은 수돗물의 석회 성분이나 세제 찌꺼기 같은 각종 알칼리성 침전물을 녹이고 세균을 줄이는 효과가 있다. 만약 전기 포트만 청소할 거라면 물을 끓이지 않고 30분 정도 그대로 놓아 두기만 해도 된다. 이렇게만 해도 전기 포트 바닥의 얼룩들을 깨끗이 지울 수 있다. 하지만 나는 시간도 단축하고, 이어지는 도미노 청소에도 사용하기 위해 끓여서 사용한다.

구연산수가 끓으면 커다란 스테인리스 냄비에 옮겨 붓는다.
이때 스테인리스 냄비에 스테인리스 수저나 조리 도구를 넣어

STEP 1.
전기 포트에 물을 가득 담고
구연산을 조금 넣고 끓인다.

STEP 2.
물이 끓으면
스테인리스 냄비에 물을 붓는다.

STEP 3.
10분간 놔 둔다.

두면 함께 소독할 수 있다. 이 상태로 10분 정도 놓아 두면 스테인리스 냄비 바닥의 얼룩은 사라지고 새것 같은 광택이 생긴다. 수저와 조리 도구도 뽀득뽀득해지며 윤이 난다. 아마 배탈이 날 위험도 줄어들 것이다.

수저와 조리 도구를 냄비에서 꺼내고, 남은 물은 개수대에 골고루 부어서 버린다. 그러면 개수대도 깔끔해지고 음식물 거름망 관리도 조금 더 수월해진다. 배수관에도 약간이나마 영향이 미치지 않을까?

가끔은 식기 건조대 물받침에도 사용한다. 플라스틱으로 된 물받침은 솔이나 수세미로 씻으면서 조금씩 흠집이 생겨 그 사이로 물때가 끼곤 한다. 물받침을 개수대 바닥에 두고 베이킹 소다를 얇게 뿌린 후 그 위에 구연산수를 부어 둔다. 그러면 구연산과 베이킹 소다가 반응할 때 생기는 공기 방울이 구석구석까지 청소해 줄 것이다.

전기 포트에 다시 깨끗한 물을 담고 끓여서 버리는 것으로 도미노 청소는 끝난다. 이렇게 구연산수를 끓여서 차례로 붓는 것만으로도 큰 힘을 들이지 않고 깨끗한 주방을 유지할 수 있다.

도미노 청소법은 냉장고 탈취제로 쓰던 베이킹 소다를 교체할 때도 사용한다. 나는 후각이 예민한 편이라 여러 가지 냉장고 탈취제를 써 보았는데, 냄새를 근원적으로 없애는 데 베이킹 소다가 가장 좋았다. 베이킹 소다를 작은 유리병에 담아 냉장고 한쪽에 놓아 두면 석 달 정도는 냄새가 나지 않는다. 냉장고에서 스멀스멀 냄새가 나기 시작할 때 베이킹 소다를 교체하면 된다.

냉장고에서 꺼낸 베이킹 소다는 청소할 때 사용한다. 인덕션에 베이킹 소다를 붓고 분무기에 담은 물을 살포한 뒤 몇 분 후 부드러운 수세미나 행주로 문질러서 닦으면 깨끗해진다. 만약 베이킹 소다가 남았다면, 기름진 요리에 사용한 프라이팬에 붓는다. 베이킹 소다가 기름기를 흡착해 설거지가 한결 수월해진다.

정수기 노즐을 세척할 때도 마찬가지. 우리 집 정수기는 노즐을 빼서 씻을 수 있는데, 베이킹 소다를 희석한 물에 잠시 담갔다가 솔로 속을 닦는다. 마무리로 구연산수에 잠깐 담가 정균하면 끝. 노즐을 세척할 때 쓴 구연산수를 행주에 적셔 스테인리스로 된 개수대의 수전을 닦거나 정수기 손잡이를 닦으면 광택은 더하고 세균 걱정은 없앨 수 있다.

하나하나 따로 청소하려고 하면 귀찮고 번거로운 일이지만, 청소를 하는 도중에, 혹은 끝날 때 이어서 하면 후루룩 금방 끝낼 수 있다.

그러고 보면 우리 집은 사계절 중 여름에 가장 예쁜 것 같다. 청소하기 쉽게 비워진 싱크대와 물기 없이 반짝반짝 빛나는 개수대로 주방은 보송보송한 느낌마저 든다. 주방 창문 앞에 둔 싱고니움 화분은 마냥 싱그럽다. 여름이면 축 늘어지는 나와 달리 우리 집에는 여름을 좋아하는 식물들이 많다. 뜨거운 계절을 이겨 낼 에너지를 주는 고마운 존재들. 도미노 청소법과 초록 식물들 덕분에 우리 집 주방은 이번 여름에도 예쁘게 빛날 것 같다.

 가끔은 엄마 생각

휴직 기간, 요양을 핑계로 출근을 하지 않다 보니 날짜나 요일 가는 것에 점차 무뎌져 갔다. 모두 바쁘게 살아가는데 나만 동떨어진 느낌. 묘한 두려움이 느껴졌다. 시간의 흐름을 알아차릴 수 있는 무언가가 있으면 좋겠다는 생각이 들었다. 그렇게 주방 청소는 새로운 한 주를 알리는 나만의 의식이 되었다.

월요일은 주말 동안 지저분해진 주방을 원점으로 돌리는 시간이다. 주방 패브릭을 교체하고, 삶아서 깨끗해진 행주를 보고 있으면 나에게도 언제든 새로운 기회가 주어질 것 같은 기분이 들었다. 매주 돌아오는 새로운 월요일은 노력하지 않아도 주어지는 선물과도 같았다. 지난 한 주가 마음에 들지 않았어도 또다시 시작할 수 있으니 이 얼마나 큰 행운인가.

주방 일을 할 때면 불쑥불쑥 엄마와의 추억이 떠오른다. 특히 하얀 면 행주를 폭폭 삶을 때면 그랬다. 어릴 때 엄마가 행주를 삶을 때도 이런 거품이 보글보글 올라왔었지. 나는 내 한 몸도 이렇게 돌보기 힘든데 엄마는 어떻게 여섯 식구를 돌봤을까. 새삼 엄마가 대단하게 느껴졌다.

엄마는 새벽에 일어나 아침 식사를 준비하면서 언니 오빠의 점심과 저녁 도시락 여섯 개를 싸고, 한 차례 등교 전쟁을 치른 후 설거지와 집 청소를 했다. 그러고 나면 바로 또 점심 식사를 준비하고, 또다시 산더미같이 쌓인 설거지를 했다. 당시 우리 집은 시장과 멀리 떨어져 있어서 장을 보러 가는 날이면 오후 내내 바쁘게 움직여야 저녁 시간에 맞출 수 있었다. 성장기 4남매를 먹이기 위해 온종일 요리하는 것도 힘들 텐데, 아빠의 직업상 찾아오는 손님도 많아서 손님상도 자주 차려야 했다.

집은 또 어찌나 깨끗한지, 엄마는 하루에도 두 번씩 물걸레로 방을 닦았다. 이따금 책을 읽거나 마당에 있는 화초를 돌볼 때를 제외하면 잠시도 쉬지 않고 부지런히 몸을 움직였다. 하나씩 따로 할 때는 별거 아닌 집안일이지만 종일 몸을 쓰다 보면 중노동이 된다. 엄마의 공식적인 여가 시간은 저녁 일일드라마를 보는 30분이 전부였다. 아마 나라면 하루도 견디지 못했을 것이다. 부족한 살림에 4남매를 키우면서도 항상 집을 깨끗하게 유지했던 나의 슈퍼 엄마.

엄마는 시장에 갈 때마다 나를 데리고 갔다. 나는 시장에 가는 버스 안에서 엄마와 단둘이 얘기하는 시간이 좋았다. 버스에 사람이 많으면 떠들 수 없었지만, 그럴 때는 엄마 품에 폭 안겨 갈 수 있어서 좋았다.

시장에 가면 재미있는 게 참 많았다. 펄떡이는 생선, 처음 보는 음식과 다양한 냄새들……. 사람들로 붐비는 시간에는 엄마의 치맛자락을 꼭 붙들고 다녀야 했다. 한번은 잠깐 치맛자락을 놓았다가 다시 잡았는데, 몇 걸음 걷다 위를 올려다보니 엄마가 아닌 다른 아주머니의 치마였다. 깜짝 놀랐지만 금세 엄마가 했던 말을 떠올렸다. 엄마를 잃어버리면 그 자리에 그대로 서 있으라고, 그러면 엄마가 왔던 길을 되돌아서 만날 수 있으니 불안해하지 않아도 된다고. 엄마의 그 말을 믿고 난 가만히 서서 기다렸다. 시장 상인들이 엄마는 어디 있냐며 끊임

반 짝

없이 물어보고 옆에 와 있으라고 하셨다. 사탕을 나눠 주기도 했다. 내가 버려진 아이인 줄 알고 수군거리는 행인들도 있었다. 한참 후 엄마가 허겁지겁 달려왔다. 엄마는 내가 없어져서 너무 놀랐다고 말하며 나를 꼬옥 안았다. 그제야 눈물이 찔끔 나왔다.

시간이 흘러 중학교 3학년이 되었을 때 대학에 들어간 언니 오빠를 따라 서울로 올라왔다. 당시 엄마는 도시락 준비에서 해방되었지만, 지독한 나의 사춘기로 골머리를 앓았다. 내 사춘기는 아주 길고 강렬했다. 엄마와 수없이 싸우고 화해하고 다시 싸웠다. 엄마가 세상에서 가장 가까운 사람이 되었다가, 다시는 보고 싶지 않은 존재가 되기도 했다. 가까워지고 싶은 마음과 멀어지고 싶은 마음이 동시에 들었다.

언제부터였을까. 엄마는 내가 바라는 것처럼 다정다감하진 않지만, 무슨 일이 있더라도 끝까지 나를 믿어 주는 사람임을 조금씩 깨달았다. 성실함과 책임감으로 가족을 지켜 낸 엄마의 사랑이 오늘날 내 밑바탕이 되었다는 것을 이제는 잘 안다. 넓고 푸근했던 엄마의 품이 몇 차례 큰 수술을 거친 뒤 나보다 더 작고 앙상해졌을 무렵에는 내가 엄마를 많이 닮았다는 것도 인정하게 되었다.

엄마는 항상 행주를 하얗게 삶아서 썼다. 나도 행주를 삶아서 쓴다. 주변에 행주를 삶아 쓰는 사람은 없지만, 나는 이게 좋다. 양념이나 지저분한 것을 닦아 행주에 색이 배면 과탄산소다를 넣어 삶으면서 표백을 한다. 행주의 물기를 탁탁 털어 햇볕에 말리면 점점 더 하얗게 변해서 처음보다 더 새것 같은 흰색이 된다.

이번 주 월요일도 주방 정리로 하루를 시작한다. 커다란 잼 팟에 행주를 몽땅 집어넣고, 과탄산 소다와 함께 푹 삶는다. 살랑살랑 부는 바람과 쨍한 햇빛에 새하얀 행주를 말린다. 마음의 때까지 벗겨 낸 듯 개운한 일주일이 시작됐다.

예민한 사람의 나무 도마 관리

우리 집 주방 도구는 나무로 만든 게 많다. 나무 주걱, 나무 수저, 나무 쟁반, 나무 밀대, 나무 도마 등. 워낙 예민한 체질이라 환경 오염을 온몸으로 느끼는 처지이기에 환경에 무해한 소재를 사용하려 한 까닭이다. 환경에 무해하다면 내 몸에도 무해하지 않을까? 오래 쓸 수만 있다면 나무 도구는 어떤 소재보다 친환경적이다. 기왕이면 코팅제가 발리지 않은 것이나 전통 기법으로 옻칠 마감을 한 제품을 고른다. 미세 플라스틱이나 환경 호르몬 걱정 없이 안심하고 쓸 수 있도록.

나무 도구는 강도가 너무 단단하지도, 무르지도 않아 다른 조리 도구에 흠집을 거의 내지 않는다. 손에 착 감겨서 요리하기도 편하고 보기에도 편안한 느낌이 든다. 초기에는 관리하는 방법을 잘 몰라서 2~3년에 한 번씩 나무 도마를 교체하며 사용했다. 그런데 알고 보니 나무 도마는 관리만 잘하면 평생 쓸 수 있다는 게 아닌가. 오랜 경험으로 터득한 나만의 나무 도마 관리법을 소개한다.

우선 나무 도마는 습기를 멀리해야 한다. 쓰고 나면 바로 씻어서 마른 타월로 물기를 닦고 잘 말려 두어야 뒤틀림이나 곰팡이가 생기지 않는다. 급할 때면 물기가 있는 채로 세워서 말리기도 하지만 물기를 한번 훔쳐 내고 말리는 것이 가장 좋다. 설거지통에 담가 두거나 물기가 남은 채로 겹쳐 있는 상태만 피해도 곰팡이를 방지할 수 있다. 만약 곰팡이가 생기려고 하거나 표면에 칼자국이 많이 났다면 손질이 필요하다.

손질에 필요한 준비물은 사포와 오일, 그리고 맑은 날씨. 사포는 입자가 굵은 것과 가는 것 두 가지 종류를 준비한다. 먼저 굵은 사포로 나무 도마를 문질러 표면을 갈아 낸다. 생각보다 도마가 잘 갈리기 때문에 움푹 들어가거나 경사가 생기지 않도록 고르게 문질러야 한다. 그런 다음 가는 사포를 사용해 표면을 부드럽게 만든다. 오래 문지를수록 표면이 부드러워진다. 이때 나무 가루가 꽤 많이 나오므로, 청소하기 쉬운 곳에서 마스크를 쓰고 작업하는 것을 추천한다.

특별한 기술은 필요 없다. 골고루 도마를 갈다 보면 어느새 깨끗한 도마로 탈바꿈한다. 이제 나무 가루를 닦아 내고 기름칠을 한다. 어떤 오일을 사용하든 꼭 물기가 완전히 마른 후에 발라야 한다. 나무 도마용 오일도 따로 있는데, 나무 내부로는 스며들지 않고 표면을 코팅해서 수분이 침투하는 것을 막는다고 한다. 하지만 요리할 때마다 쓰는 도구이다 보니 나는 되도록 화학 공정을 거쳐 만든 코팅 오일은 피하려 한다. 같은 이유로 작은 나무들을 합쳐서 만든 나무 도마도 접착제 성분이 꺼려져서 통원목으로 된 나무 도마만 사용한다.

그래서 나는 식용유를 바른다. 식물성 오일은 코팅 효과가 거의 없어 보이지만 아예 바르지 않는 것과 비교해 보면 차이가 크다. 처음 사포질을 하고 나서 바로 계란말이를 올려 두고 자른 적이 있는데, 도마에 얼룩덜룩한 기름 자국이 남아 좀처럼 씻기지도 누그러지지도 않았다. 포기김치를 올려 두고 잘랐을 땐 뻘건 국물이 배서 오랫동안 지워지지 않았다.

그 후로는 항상 사포질을 한 후 식용유를 꼼꼼하게 바른다.

나무가 전체적으로 기름을 먹어 살짝 어두워지면, 기름진 음식을 올려도 별 티가 나지 않는다. 김치 국물이 묻어도 바로 씻으면 잘 씻겨 내려간다. 하지만 식물성 오일이라도 참기름이나 들기름은 추천하지 않는다. 유통 기한이 지나 아깝다고 발랐다가는 나무에 스며든 냄새가 며칠이고 배어 나와 집 안을 돌아다닐 때마다 헛구역질을 하게 될지도 모른다. (그렇다, 내 얘기다.) 식용유로 흔하게 쓰는 포도씨유, 올리브유 정도가 적당하다.

이제 말리기만 하면 된다. 직사광선에 두면 나무가 뒤틀릴 수 있어서 그늘에서 말리는데, 날씨가 맑고 습도가 낮은 날이 좋다. 나무 도마를 관리하는 날이면 나무 수저 등 다른 나무 도구도 함께 기름칠해서 도마 옆에 신문지를 깔고 펼쳐서 말린다. 모든 과정이 끝난 나무 도마는 주방 세제로 여분의 기름을 씻어 내고 평소처럼 사용하면 된다.

기름을 먹으며 오랫동안 잘 관리한 나무 도마는 새것보다 더 윤이 나고 고급스럽다. 외할머니의 두꺼운 나무 도마는 나보다 나이가 훨씬 많았다. 엄마 말로는 엄마가 젊었을 때 마을에 길을 내면서 아주 커다란 나무를 베어야 했는데, 그 나무가 너무나 아까워 동네 사람들이 물건을 만드는 데 나눠 썼다고 한다. 부뚜막 옆에 얹어진 도마는 잦은 사용으로 원래의 나무 색은 잃었지만, 나뭇결은 그대로 살아 있었다. 마치 야생의 신성함을 길들여 사용하는 것처럼, 내 기억 속 외할머니의 도마는 반질반질 빛이 났다.

나무 도마를 쓰면서 나무의 강도에 대해서도 알게 되었다. 아름다운 나뭇결에 반해 충동적으로 사 온 비싼 나무 도마는 너무 단단해서 칼질할 때 손목이 아팠다. 칼날도 쉽게 무뎌졌고 사포질을 하기도 힘들었다. 결국 그 도마는 에어프라이어의 받침대가 되었다. 다음에는 성질이 무른 나무 도마를 들여왔다. 칼질은 쉬웠지만 칼자국이 깊게 남아서 손질을 자주 해야 했다. 크기도 너무 커서 2인 가구의 식사 준비를 할 때 쓰기에는 무겁고 번거로웠다. 그 후로는 나에게 꼭 맞는, 너무 단단하지도 무르지도 않은 적당한 크기의 나무 도마를 골라 사용 중이다. 우리 집 나무 도마야, 앞으로도 오래오래 나와 함께하자꾸나.

2장

몸도 마음도
깨끗해지는 욕실

깔끔한 욕실을 원한다면

욕실은 미니멀 라이프를 하면서 주방 다음으로 변화가 많았던 곳이다. 그래도 매일 정리해야 하는 주방과 달리 한 번 정리해 놓으면 물건을 제자리에 두기만 하면 되니 상대적으로 일이 적다.

나는 되도록 욕실 바닥을 비워 두려 한다. 욕실용품은 대부분 수납장 위로 올리거나 벽에 걸었다. 걸 수 없는 물건은 사용 후 물기가 남는 물건을 제외하고는 모두 수납장에 넣었다. 덕분에 욕실 바닥과 선반 위는 깔끔해졌는데 이번에는 수납장이 문제였다. 깔끔해진 욕실처럼 수납장 안도 단정하면 좋겠는데 어떡해야 할까. 일단 물건의 양부터 줄이기로 했다. 어차피 욕실은 습기가 많아서 장기 보관 하기 좋은 장소는 아니니 휴지와 칫솔, 치약은 필요한 만큼만 꺼내고, 나머지는 다용도실에 보관했다. 기초 화장품과 미용 소도구도 꼭 필요한 것만 남겼다.

그런 다음 색깔을 통일했다. 화장지가 흰색이니 수건도 흰색으로 맞추고, 그 외에 자잘한 물건들은 흰색 정리함에 넣었다. 흰색 정리함은 높낮이가 다른 2개를 준비해 매일 쓰는 기초 화장품은 아래쪽 절반이 가려지는 낮은 정리함에 수납했다. 적당히 깔끔하면서 위쪽 절반이 보이니 찾아 쓰기 편했다. 미용 가위, 눈썹 칼, 족집게 등의 소도구들도 낮은 정리함에 넣었다. 사용하지 않는 네모난 유리 소주잔을 사용해 소도구를 세워 넣었더니 물건이 섞이지도 않고, 유리의 무게 덕분에 안정감이 있었다. 또 투명해서 내용물이 잘 보여 좋았다.

여분의 욕실용품은 높이가 높은 정리함에 종류별로 담아 수납했다. 남편의 면도용품, 치약과 칫솔, 샤워 도구와 위생용품을 각각 담아 두니 찾기 수월했다. 수건은 세로로 세워서 넣었다. 접을 때 한쪽 끝을 접은 면 사이에 끼워 넣으면 세워 두어도 풀어지지 않는다. 처음에는 수납장 두 칸을 수건으로 가득

채웠는데 요즘은 한 칸으로도 충분하다. 어차피 모아서 세탁기를 돌릴 정도면 되니까.

정리를 할수록 공간이 자꾸 생겨났다. 지금도 3단 수납장의 제일 낮은 칸에 기초 화장품과 미용 도구를, 가운데 칸에 수건을, 제일 높은 칸에 여분의 욕실용품을 수납하는데 전혀 부족함이 없다.

현재 집으로 이사 오기 전 인테리어 공사를 계획했을 때는 욕실 상부 수납장을 없애려 했다. 세면대 위에는 거울만 달고, 아래쪽에 수납을 하려고 했다. 유수의 인테리어 사진에서 보았던 깔끔하고 세련된 느낌의 욕실을 원했던 것이다. 하지만 인테리어 업체에서 수납공간이 부족할 거라며 우려를 표했다.

예상치 못한 전문가의 염려에 생각이 많아졌다.

'상부장이 없으면 수납이 너무 부족할까?'

'아무래도 불편하겠지? 위생적인 문제는 없는 걸까?'

고심 끝에 우리 부부는 결국 상부장을 달기로 했다. 살다 보면 짐이 많아질 거라고 큰 수납장을 추천해서 큰 걸 달았는데, 좀 더 작은 걸 달걸 그랬다. 수납장이 넓어서 이것저것 보관하기는 좋은데, 작은 수납장을 설치하고 벽 공간을 늘려서 넓어 보이게 했으면 좋았겠다는 아쉬움이 남는다. 다시 욕실 공사를 할 일이 생긴다면 그때는 우리의 라이프 스타일에 꼭 맞는 욕실 수납장을 달아야지.

 욕실용품 다이어트

나는 화장품을 욕실에 두고 쓴다. 처음부터 그랬던 건 아니다. 한때는 욕실용품만으로도 공간이 비좁았다. 사용할 게 뭐가 그렇게 많았는지, 우리 집 욕실에는 여러 가지 용품들이 즐비해서 마치 작은 마트의 욕실 코너 같았다.

한때는 머리를 4~5단계에 걸쳐 감았다. 두피에 세럼을 바르고, 여러 샴푸 중 그날 컨디션에 맞는 샴푸로 머리를 감은 뒤 린스와 단백질 보충제를 바르고, 헤어 팩으로 마무리했다. 세안할 때도 마찬가지. 외출 후 화장을 지울 때면 포인트 메이크업 클렌저로 색조 화장을 지우고, 클렌징 오일로 딥 클렌징을 한 후, 클렌징 폼으로 세안하고 부족한 부분은 비누로 다시 한

번 씻었다. 일주일에 한두 번은 스크럽 제품을 썼고, 피부에 좋다는 팩도 여러 가지 두고 사용했다.

샤워용품은 페이스 타월, 샤워 퍼프, 바디솔, 샤워 타월 등 두루두루 구비해 두고 필요에 따라 바꿔 가며 사용했다. 제품들이 용도를 조금씩 달리해 새로운 이름을 달고 나오면 기다렸다는 듯이 바로바로 사들였다. 그때는 그게 내 몸을 사랑하는 방법인 줄 알았다.

쓰는 제품이 늘어나니 욕실이 점점 복잡해졌다. 정리를 해 보겠다고 플라스틱 바구니를 사서 용품들을 담았지만, 바구니에 담을 수 없는 작은 제품들이 욕실 선반 위에 가득했다. 청소할 때마다 여간 귀찮은 게 아니었다. 여기에 바구니를 세척하는 일도 하나 더 늘었다.

게다가 욕실의 복잡함과 청소의 귀찮음을 이겨 내고 제품을 수십 가지 써 가며 열심히 관리했지만 소용없었다. 생활 습관이 바로잡히지 않은 상태로 피부가 건강해질 리 만무했다. 그저 위약 효과였을까. 새로운 제품으로 잠시 좋아지는 듯 느껴지던 피부는 점점 더 나빠져 갔다.

그러던 어느 날 갑자기 두피에서 이상 징후가 나타났다. 참을 수 없는 가려움과 기름이 뿜어져 나왔다. 두피에서 시작한 증상은 점점 몸으로 번져 갔다. 왜 이러지, 몸이 허한가? 한약을 먹으면 좋아질까 싶어 큰맘 먹고 한약을 지었는데, 그게 기폭제가 되었는지 몸 전체에 빼곡하게 화농성 여드름이 생겨버렸다. 깜짝 놀라 피부과에 달려갔고, 지루 피부염을 진단받았다.

피부과에서는 스테로이드 후유증과 비슷해 보인다고 말했다. 병원에도 잘 안 가는데 스테로이드라니……. 피부과 의사는 시기로 보아 한약에 스테로이드와 유사한 성분이 있었던 것 같다고 추측했다. 그러면서 예전 피부로 되돌아갈 수 있을지는 알 수 없고 생활 습관을 바꾸면 회복될 가능성이 조금 커지겠지만, 항상 관리하며 살아야 할 거라고 했다.

세상에나. 왜 나한테 이런 일이 생긴 걸까. 다들 좋다는 제품을 나도 열심히 썼을 뿐인데! 억울한 마음이 일었지만, 이미 엎질러진 물. 이때부터 건강에 관한 정보를 찾아보기 시작했다. 일상 곳곳에 스며 있는 수많은 화학 성분과 불규칙한 생활 습관이 내 몸에 미치는 영향에 대해 경각심이 생긴 것이다.

그 후로도 수년간 갖가지 방법을 써 보았지만 큰 차도는 없었다. 가능하면 자연식을 먹고 매일 운동하면서 생활 습관을 바꾸려 노력했지만, 조금만 피곤하면 증상이 악화되었다. 몸이 무거운 날에는 일상생활조차 힘들었다. 사람을 상대하는 일을 하는데, 화장은커녕 평소 쓰던 로션이나 스킨조차 바르지 못할 정도가 되어 스트레스도 이만저만이 아니었다. 그러던 중 지인의 소개로 천연 화장품을 만드는 방법을 알게 되었다.

지금이야 천연 화장품을 만드는 사람이 늘어서 쉽게 재료를 구할 수 있지만, 당시에는 국내에서 재료를 구할 수 없어서 해외에서 주문하기도 했다. 다행히 그 이후로 피부가 꽤 많이 진정되었다. 화장품을 만들어 쓰다 보니 화장품의 어떤 성분이 나에게 맞고 맞지 않는지를 알게 되었고, 덕분에 선크림이나 색조 등 스스로 만들 수 없는 화장품을 고르는 것이 훨씬 수월해졌다.

군이 많은 제품을 바르지 않아도 된다는 것을 깨닫고 나서는 화장품의 종류를 대폭 줄였다. 오랜 기간 내게 필수였던 에센스, 스킨, 로션, 크림, 아이 크림, 바디 크림, 핸드크림과 건조한 계절이면 추가되는 바디 버터, 풋 크림, 여기에 다크서클을 줄여 준다는 아이 에센스와 속눈썹을 길고 풍성하게 해 준다

는 속눈썹 에센스까지. 이제 안녕.

    지금은 토너 패드와 로션, 선크림 세 가지만 사용한다. PHA 성분을 함유한 스킨로션을 만들어 화장솜을 적셔 두면 토너 패드가 완성된다. 세안 후 토너 패드로 부드럽게 얼굴을 닦아 내면 스크럽을 쓰지 않고도 각질을 정리하고 수분도 보충할 수 있다. 여행을 갈 때는 토너 패드 몇 장을 덜어 작은 지퍼백에 챙기면 되니 여행 준비도 간편해졌다.

한동안 로션과 선크림도 만들어 썼는데, 내 피부에 자극이 없는 성분으로 만들어진 제품을 찾은 후로는 그 제품을 사용하고 있다. 로션은 얼굴과 몸 어디에나 바를 수 있는 것으로, 건조한 부분에는 한 번 더 덧바르는 것으로 크림이나 아이 크림을 대체한다. 작은 통에 담아 휴대용으로 가지고 다니면 핸드크림으로 변신!

비누와 클렌징 오일도 만들어 썼다. 샴푸는 아무리 조합해봐도 세정력이 좋으면서 순하게 만들 수가 없어서 그나마 잘 맞는 제품으로 골라서 사용하고 있다. 린스와 헤어 팩은 없앴다. 대신 샴푸 후에 식초를 물에 희석해서 머리를 헹궜다. 린스와 헤어 팩으로 가꾼 머릿결만큼 부들부들해지지는 않았지만 적어도 트러블은 생기지 않았다. 드라마틱한 효과는 없었지만 오래 사용할수록 두피와 머릿결이 건강해지는 게 느껴졌다.

꼭 채워졌던 욕실에 점점 공간이 생겼다. 그럴수록 욕실을 정리하고 싶은 욕구가 샘솟았다. 몇 가지 되지 않는 기초 화장품은 작은 바구니에 담아 욕실 수납장에 넣었다. 타일 벽에는 비누 홀더를 설치해 비누를 붙여 두었더니 쓰기도 편하고 비누가 잘 물러지지 않아 좋았다. 칫솔과 치약도 벽에 걸어서 욕실 선반에는 되도록 물건을 두지 않았다. 샤워할 때마다 스펀지 수세미로 선반을 쓱 훔치면 되니 청소가 참 쉬워졌다.

지금도 여전히 몸이 안 좋아지면 피부염 증상이 나타나지만, 관리가 가능할 정도로 호전되었다. 너무나 고통스러웠던 지난날이지만 덕분에 많은 것을 배웠다. 어떻게 하면 더 친환경적일지, 어떻게 하면 더 줄일 수 있는지, 나를 위해 환경을 위해 고민하는 지금 내 모습이 참 좋다.

비누 만들기, 어렵지 않아요!

피부로 한창 스트레스를 받던 시절, 모든 화장품을 끊었다. 하지만 화장품은 안 바를 수 있어도, 세정제를 안 쓸 수는 없었다. 내가 집에만 있는 것도 아니고 몸 안팎으로 묻어난 오염 물질들은 닦아 내야 하지 않겠는가. 기성 제품에 대한 불신이 가득했던 시기라 천연 비누, 그것도 수제 비누를 만드는 방법을 찾아보았다. 수제 비누의 가장 큰 장점은 내 피부에 필요한 성분들로 맞춤 비누를 만들 수 있다는 것이었다.

수제 비누를 만드는 방법은 크게 두 가지다. 하나는 가성 소다라고 불리는 수산화 나트륨을 사용해서 비누를 만들어 발효시켜 쓰는 방법이고, 다른 하나는 이런 과정을 거쳐 미리 만들어 둔 비누 베이스를 이용해 만드는 방법이다.

가성 소다를 사용하는 방법은 초보자가 혼자 만들기 힘드니까 패스. 나는 미리 만들어진 MP 비누 베이스를 이용하는 방법을 택했다. MP 비누 베이스는 인터넷에서도 쉽게 구매할 수 있다. 비누 베이스로 비누를 만들 때는 비누 틀, 커다란 스테인리스 컵, 젓개, 저울만 있으면 된다. 나는 비누 틀로 실리콘 비누 몰드를 사용하는데, 몰드가 없을 때는 종이컵을 사용해도 된다. 비누 베이스를 넣고 녹이는 스테인리스 컵과 실리콘으로 만든 젓개 역시 다른 도구로 대체해 사용해도 된다. 저울이 있으면 정확한 계량을 할 수 있지만 어느 정도 눈대중으로도 가능하다. 비누 베이스를 녹일 때도 핫플레이트나 하이라이트 같은 기구가 있으면 편하지만, 전자레인지나 가스레인지로도 할 수 있다. 그러니 처음부터 모든 도구를 구입하기보다 집에 있는 것으로 몇 번 만들어 보고 자주 만들어 쓸 것 같으면 나에게 맞는 도구를 찾아 하나씩 갖추길 바란다.

비누를 만드는 기본 재료는 MP 비누 베이스다. 여기에 넣고 싶은 것을 자유롭게 추가하면 되는데, MP 비누 베이스는 종류에 따라 조금씩 성분 차이가 있지만 대부분 화학 첨가제가 극히 적어서 추가 재료만 잘 선택하면 자극 없는 비누를 만들 수 있다.

게다가 어떤 성분을 추가하느냐에 따라 비누의 기능과 사용감이 달라진다. 비누를 만들어서 쓸 때의 또 다른 재미다. 계절에 따라 조금씩 다른 재료를 넣어서 만드는데, 천연 벌꿀은 항상 조금씩 넣는다. 얼굴에 아무런 화장품을 쓰지 못했던 시절에도 천연 벌꿀을 팩처럼 얼굴에 바른 후 씻어 내면 잔뜩 성나 있던 피부가 진정되곤 했기 때문이다. 화장품과 비누를 직접 만들어 쓰면서 내 몸이 향료와 파라벤 성분에 특히 민감하다는 것을 알게 되었다.

건조한 계절에 쓸 비누에는 오일이나 글리세린도 추가한다. 내가 쓰는 비누 베이스에는 글리세린이 이미 들어 있지만, 가열하는 동안 조금씩 증기로 날아가기 때문에 건조한 계절에는 조금 더 추가한다. 천연 화장품을 만들 때 쓰는 식물성 오일을 넣기도 하고, 크림의 보존력을 높일 때 쓰는 비타민E 오일을 넣기도 한다. 오일을 넣으면 거품이 덜 나기는 하지만, 세수했을 때 스킨을 바른 것처럼 촉촉해진다.

비누에 색을 더하고 약간의 효능을 주기 위해 분말을 넣기도 하는데, 나는 노란 호박 분말을 좋아한다. 호박 분말을 반투명한 비누 베이스에 섞어서 비누를 만들면 벌꿀을 굳힌 듯 귀여운 모양으로 만들어진다. 보습력이 높고 영양 성분이 많아 건조한 계절에 주로 쓴다.

마지막으로 천연 에센셜 오일을 넣는다. 워낙 소량을 넣기 때문에 여러 가지를 사면 다 쓰기가 쉽지 않아서 두어 가지 에센셜 오일만 구비해 두고 여러 용도로 사용하고 있다. 레몬, 오렌지, 자몽 같은 시트러스 계열의 에센셜 오일은 상쾌한 향이 나고 항균 기능이 있어 쓰임새가 많다. 다만 감광성이 있기 때문에 햇빛이 닿지 않게 보관하고, 낮에 쓰는 화장품에는 넣지 않는 것이 좋다. 레몬 에센셜 오일은 밤에 쓰는 클렌징 오일을 만들 때 쓰는데, 냉장고 탈취제를 만들 때도 사용한다. 팔마로사 에센셜 오일은 장미와 풀을 섞은 듯한 향이 나는데, 문제성 피부에 도움을 주면서 자극이 없어서 낮에 쓰는 화장품과 수제 비누를 만들 때 두루 사용하고 있다.

도구와 재료가 준비되었으면, 이제 비누를 만들어 보자.

먼저 비누 베이스를 작게 잘라서 스테인리스 컵에 계량한다. 가열하는 동안 증기로도 날아가고 용기에 묻는 양도 있으니 조금 여유 있게 계량하는 게 좋다. 나는 100그램짜리 비누를 만들 때 비누 베이스도 100그램을 계량한다.

이제 비누 베이스를 녹일 차례다. 스테인리스 컵을 사용한다면 핫플레이트나 하이라이트 등에서 낮은 온도로 가열해서 녹인다. 종이컵을 사용한다면 전자레인지에 10~20초씩 끊어 가며 돌려서 녹인다. 절반 이상 녹을 때까지는 젓지 않고 기다렸다가 나중에 천천히 저어야 표면에 거품이 덜 생긴다.

비누 베이스가 녹는 동안 비누에 넣을 재료를 준비한다. 준비한 첨가물들을 작은 용기에 모두 넣고 잘 섞는다. 비누 베이스가 다 녹으면 섞은 재료를 붓고 다시 천천히 젓는다. 나는 100그램의 세안 비누를 만들 때 천연 벌꿀 4그램, 호박 분말 1그램, 에센셜 오일 5방울을 넣는다. 건조한 계절에는 비타민E 오일 1그램, 글리세린 1그램도 넣는다.

이제 첨가물이 들어간 비누 베이스 용액을 비누 틀에 부은 후 굳을 때까지 기다린다. 표면에 거품이 많이 남아 있다면 알코올을 뿌려서 거품을 없앨 수 있다. 비누 틀로 사용하는 실리콘 몰드는 말랑말랑해서 비누가 단단하게 굳은 후에도 꺼내기 쉽다. 만약 종이컵을 비누 틀로 사용했다면 비누가 굳은 후 종이를 잘라서 꺼내면 된다.

   비누를 한 개 만들 때나 열 개 만들 때나 드는 시간과 노력은 비슷해서 나는 한 번에 여러 개를 만들어 둔다. 랩에 싸서 냉동실에 넣어 두면 1년 정도는 보관이 가능하다. 나처럼 예민한 피부를 가졌다면 본인에게 딱 맞는 비누를 만들어 써 보는 것을 추천한다. 다만, 비누를 만들 때 너무 많은 효능을 얻으려고 여러 가지 첨가물을 넣다 보면 오히려 효과가 줄어든다고 하니 첨가물은 두세 가지만 넣길!

🧹 리넨 셔츠 회춘기

난 쇼핑을 즐기지 않는다. 그래서 마음에 드는 옷이 있으면 아주 오랫동안 입는다. 중학생 때 내가 매일같이 입던 옷이 있었다. 적당히 밝은 회색에 중앙부에 빨간색 영문이 작게 새겨진 면 티셔츠였다. 얇지도 두껍지도 않은 두께에 적당히 탄탄하면서도 부드러워 얼마나 편했는지, 지금도 그 감촉이 느껴지는 것 같다. 고등학생이 되어서도 입었는데, 자주 빨다 보니 옷소매가 해지기 시작했다. 이만큼 마음에 드는 옷을 찾을 수 없으니 버릴 수는 없고, 밖에서 입기에는 너무 낡아 집에서 잠옷으로 입기로 했다. 그러자 옷의 수명이 무한대가 되어 버렸다. 소매는 너덜너덜해지고 여기저기 작은 구멍이 생겼지만 버리지 않았다. 당시 여섯 살 차이 나는 작은언니와 둘이 살고 있었는데, 언니는 매일 넝마 같은 옷을 입은 나를 보며 제발 그 옷 좀 버리라고 말하곤 했다. 그래도 계속 입었더니 어느 날 내가 없는 사이 그 옷을 몰래 버렸다. 그때 언니가 버리지 않았다면 그 마성의 티셔츠는 아직 내 곁에 있을지도 모른다.

그리고 십수 년 후, 마성의 티셔츠에 도전하는 옷이 등장했다. 옷장 정리를 할 때마다 매번 버려야지 하면서 빼놓았다가도 다시 가져와 입게 되는 옷. 사실 마음에 쏙 든다기보다 휘뚜루마뚜루 걸치기에 부담이 없어서 자주 찾는 옷. 군데군데 작은 자수가 놓인 흰색 리넨 셔츠는 여름철 나의 최애 아이템이다. 가볍고 성기게 짜인 리넨 천은 몸에 들러붙지 않으면서도 차가운 에어컨 바람을 막아 준다. 특히 장마철 갑자기 내린 비에 옷이 젖어도 금방 말라 찝찝하지 않다. 품이 커서 겉옷처럼 겹쳐 입기도 편하고, 가방에 넣었다가 꺼내 입어도 리넨 특유의 조직감과 자수 때문에 구김이 자연스럽다.

그런데 이번에는 남편이 이 옷을 자꾸 버리려 한다. 나와 리넨 셔츠와의 오랜 인연을 질투라도 하는 걸까. 사실 오래된 티가 나긴 한다. 해지진 않았지만 어딘가 모르게 낡은 느낌이랄까. 작은언니처럼 몰래 버리지는 못하고 괴로워하는 남편을 위해 리넨 셔츠를 회춘시킬 방법을 찾아봤다.

1. 세숫대야에 미지근한 물을 받는다.
2. 과탄산 소다를 넉넉하게 풀고 셔츠가 물에 잠기도록 눌러 담는다.
3. 하루 정도 지난 후 깨끗한 물에 헹구고 널어서 말린다.

산소계 표백제인 과탄산 소다는 흰옷은 더욱 하얗게, 색깔 있는 옷은 색상의 변질 없이 깨끗하게 만들어 준다. 나는 평소 세탁할 때마다 과탄산 소다를 조금씩 넣는데, 이 리넨 셔츠처럼 전체적으로 누레졌거나 찌든 때가 있으면 따로 빼서 고농도의 과탄산 소다수에 표백을 한다. 그런 다음 햇볕이 잘 드는 곳에 널면 섬유에 남아 있던 과탄산 소다 성분이 햇빛과 작용해 원래 색상이 눈부시게 되살아난다. 부분적인 얼룩이나 오염이 심한 부분은 과탄산 소다를 약간의 물에 개어 치약처럼 걸쭉한 상태로 만들어 바른 후 잠시 놓아두면 조금 더 쉽게 오염을 제거할 수 있다.

이렇게 내 리넨 셔츠가 회생했다. 남편도 은근히 놀란 눈치다. 앞으로 또 몇 년을 더 입게 될까? 찢어지거나 구멍이 나지 않는 한 과탄산 소다가 계속 살려 주지 않을까?

리넨 셔츠를 되살리려 팔을 걷어붙인 김에 손빨래를 하기로 했다. 작은 세숫대야에 물을 담아 양말 몇 개를 담근다. 양말을 하나씩 꺼내 비누를 두어 번 쓱쓱 바른다. 고무장갑을 낀 손등을 빨래판 삼아 세면대에서 양말을 비벼 빤다. 몇 번 문질렀을 뿐인데 세탁기로 1시간 동안 돌리는 것보다 더 깨끗해진다는 게 새삼 놀랍다. 세숫대야에 담긴 물에 양말을 헹구니 뿌연 먼지들이 떠오른다.

언젠가 어떤 아주머니가 남편이 모든 세탁물을 한 번에 넣고 돌린다고 흉보는 것을 보고 '그러면 안 되나?'라고 생각한 적이 있다. 그래, 그러면 안 되는 것이었다. 양말을 헹군 물 위로 동동 떠오른 먼지들을 보니 아주머니의 마음이 이해되었다. 앞으로 양말은 손빨래 당첨.

이제 속옷 차례. 살림 9단인 엄마는 자취하는 내게 면으로 된 속옷을 사 입고, 손빨래를 하며, 한 번씩은 삶으라고 가르쳤다. 하지만 엄마 말을 듣기엔 면으로 만든 속옷이 예쁘지 않았다. 게다가 내 몸을 씻기도 바쁜데 언제 손빨래를 한단 말인가.

하지만 속옷도 양말처럼 손빨래를 했을 때 훨씬 더 깨끗해진다. 요즘 나는 샤워하면서 속옷을 빤다. 샤워할 때 속옷을 손빨래하는 방식이 몸에 익으면 여행 갈 때 속옷을 많이 챙길 필요가 없다. 장기간 여행 시 날짜대로 속옷을 챙기다 보면 부피가 상당해지는데, 매일 저녁 숙소에서 샤워할 때마다 손세탁을 하면 몇 박 며칠이든 두 장으로 충분하다. 여행하는 동안 입었던 속옷을 모아서 갖고 있는 게 내심 찝찝하게 느껴지는 사람이라면, 여러모로 손빨래 습관은 유용하다.

손빨래를 자주 하다 보니 빨래판이 하나 있으면 좋겠다는 생각이 들었다. 엄마가 쓰던 것보다는 작아서 쪼그려 앉지 않고 쓸 수 있는 것으로. 하나는 주방 싱크대에, 하나는 욕실 세면대에 놓고 쓰다가 여행할 때도 가지고 다닐 수 있는 작고 단단한 빨래판을 찾아야겠다.

우리 집 욕실에서는 향기가 나요

식물을 많이 키워서일까? 우리 집에서 숲 향기가 난다는 얘기를 가끔 듣는다. 남편과 나는 익숙해져서인지 잘 못 느끼는 집 안 향기를 친구들이 전해 줄 때면 신기하면서도 기분이 좋다. 그중에서도 욕실에서 좋은 향이 난다고 하면 어깨가 으쓱해진다. 우리 집 욕실에는 식물이 없다. 내가 만든 디퓨저가 있을 뿐. 왜 군이 디퓨저를 만들었냐고? 예민한 후각과 피부 덕분이랄까. 욕실에 방향제가 있으면 좋겠다고 생각했는데 시중에 파는 디퓨저를 놓으면 머리가 아팠다. 남편은 몸을 벅벅 긁었다. 우리 집 욕실에 향기는 사치인 걸까? 속상한 마음을 뒤로하고 열심히 검색하다가 디퓨저 만드는 방법을 찾았다.

디퓨저 만드는 방법은 무척 간단했다. 베이스 용액에 천연 에센셜 오일을 적당량 섞기만 하면 끝. 판매되는 제품보다는 향이 빨리 사라지지만, 머리가 아프지도 피부가 가렵지도 않았다. 몇 가지 에센셜 오일을 섞어서 마음대로 조향할 수 있고, 내가 원하는 향의 강도를 조절할 수 있는 점도 좋았다. 예전에는 베이스 용액을 직접 만들어 써야 했는데, 요즘에는 아예 순한 원료로 만든 디퓨저 베이스를 판다. 세상은 참 빠르게 좋아진다.

디퓨저의 베이스 용액은 식물성 에탄올이라서 만드는 동안 알코올 향을 좀 맡아야 한다. 그래도 공업용 에탄올과는 달리 몸이 힘들지 않았다. 에센셜 오일은 화장품 만들 때 사 놓은 것들을 사용했다. 천연 향(천연 에센셜 오일)은 인공 향(프래그런스 오일)보다 향이 단순하다. 인공 향은 지속 기간이 길고 다채로운 향이 나지만, 나는 인공 향을 맡으면 반사적으로 재채기가 나온다. 민감하기가 탄광 속 카나리아 같달까.

19세기 유럽에서는 광부들이 위험을 감지하기 위해 호흡기가 약한 새인 카나리아를 탄광에 데려갔다. 메탄가스나 일산화 탄소 같은 유해 가스를 맡은 카나리아가 이상 증세를 보이면 광부들은 즉각 탄광에서 빠져나와 위험을 피할 수 있었다. 예민한 호흡기로 많은 생명을 구한 셈이다. 어쩌면 카나리아 같은 내 코도 구조 신호를 보내는 것일까?

다행히 천연 향 중에도 매력적인 향은 많다. '일랑일랑'은 내가 가장 좋아하는 향이다. 고급스러운 향이 몸을 이완시킨다. 쌉싸름하고 건강한 느낌의 '로즈메리' 향은 욕실에 딱이다. 상큼하고 깨끗한 향의 '레몬' 에센셜 오일은 주방에서 많이 사용한다.

잘 어울리는 두세 가지를 배합하면 다양한 향을 맡을 수 있다. 일랑일랑과 제라늄, 또는 라벤더와 오렌지를 같이 사용하는 식이다. 그렇다고 너무 많은 종류를 섞으면 이도 저도 아닌 향이 되어 버리니 조심하길!

필요한 건 디퓨저를 담을 유리 용기, 베이스 용액, 에센셜 오일, 디퓨저 스틱이 전부다. 이제 디퓨저를 만들어 보자. 상큼한 향을 원했던 나는 에센셜 오일로 로즈메리와 레몬을 사용하기로 했다. 베이스와 에센셜 오일의 비율로 향의 강도를 조절하는데, 약한 향을 원한다면 베이스의 비율을 높이고 에센셜 오일의 비율을 낮추면 된다. 나는 강한 향을 만들 때 베이스와 에센셜 오일의 비율을 7:3 정도로 한다.

우선 빈 유리 용기에 베이스 용액을 담는다. 그런 다음 에센셜 오일을 넣고 골고루 섞는다. 여기에 디퓨저 스틱을 꽂으면 완성! 욕실에서는 악취를 잡고 향기를 채워야 하니까 디퓨저 스틱을 세 개로. 디퓨저 스틱으로도 향의 강도를 조절할 수 있다. 은은한 향을 원한다면 두어 개 정도로 충분하고 강한 향을 원한다면 네다섯 개를 꽂기도 한다. 스틱의 모양에 따라서도 발향에 차이가 있으니 만들기 전 원하는 스틱의 발향 정도를 파악하는 게 좋다. 디퓨저를 만드는 동안 이미 거실은 로즈메리와 레몬 향으로 가득 찼다. 꼭 향기 테라피를 한 느낌이었다. 기분이 상쾌해지고 마음이 따뜻해졌다.

3장

편안한 즐거움이
샘솟는 거실과 방

모두를 품는 아늑한 공간

결혼을 하면서 이사를 했다. 오래도록 혼자 살며 모든 것을 스스로 결정하던 두 사람이 한 집에서 상대와 의논하며 산다는 건 쉽지 않은 일이었다. 거실과 주방을 제외한 방 세 개를 어떻게 사용할 것인지 논의할 때도 그랬다. 마음 같아서는 침실 외에 각자의 방을 하나씩 두고 싶었지만 현실을 생각해서 하나는 침실, 하나는 드레스룸, 하나는 TV가 있는 우리의 놀이방으로 쓰기로 했다. 인테리어를 어떻게 할 것인지도 서로 생각이 달랐다. 절충하다가는 이도 저도 아닌 모습이 될 것 같아서 결국 거실과 침실은 내가, 놀이방은 남편이 맡아서 꾸미기로 했다.

거실 인테리어를 구상하기 전에 어떤 모습의 거실을 원하는지 떠올려 봤다. 넓은 테이블과 의자 두 개가 있고, 햇빛이 가득 들어오는 창문에는 하얀 리넨 커튼이 바람에 흔들린다. 네모난 거실 구석에는 커다란 화분 하나, 테이블 위에는 꽃병 하나, 그리고 벽에 걸린 좋아하는 그림까지. 상상만 해도 마음이 편안해졌다. 나는 거실을 여백이 많은 공간으로 만들고 싶었다. 공간이 비어 있을수록 새로운 생각이나 활동을 하기 좋기 때문이다.

그렇게 꾸민 우리 집 거실에는 겨울에는 따스하고 밝은 햇빛이 깊숙이 들어오고, 여름에는 뻥 뚫린 공간에 활기가 가득 찼다. 봄가을에는 햇빛 반, 바람 반이 하얀 리넨 커튼을 유유히 통과하며 지나다녔다. 도시 속 평범한 아파트이지만, 우리 집에서는 계절의 변화를 느낄 수 있었다. 이때까지만 해도 거실만큼은 내가 꿈꾸던 전형적인 미니멀리스트의 공간처럼 여백을 유지할 수 있을 줄 알았다.

그런데 복병이 등장했다. 게다가 그걸 들여놓은 건 나였다. 재미 삼아 하나둘 키우기 시작한 식물 수가 자꾸만 늘어난 것이다. 잘 자라서 개체 수가 늘기도 했고, 내가 식물을 좋아하는 걸 알고 주변에서 선물하기도 했다. 겨울이 되어 베란다에서 키우던 식물을 모두 거실로 들이고 나서야 내가 식물을 꽤 많이 키우고 있다는 것을 깨달았다.

따뜻한 봄이 되어 거실이 가벼워진 것도 잠시, 여름이 되자 더위에 약한 일부 식물들을 다시 거실로 들여야 했다. 날씨 좋은 봄에 무럭무럭 자란 식물들은 덩치를 키우고 숫자를 불려 화분 개수가 또 늘어났다. 여름날 남향집 거실에는 햇빛이 하나도 들어오지 않는다. 사람이 살기엔 한여름에도 시원해서 좋지만, 식물에는 그렇지 않다. 결국, 빛이 많이 필요한 식물들을 위해 햇빛과 유사한 파장의 빛을 내는 LED 식물 성장등을 여러 개 설치했다. 점점 여백이 사라져 갔다. 내가 원한 건 이런 게 아닌데……. 게다가 나의 취미 활동으로 남편이 사용하기 불편한 공간이 되는 것도 미안했다. 같이 산 지 3년이 되던 새해, 우리는 거실을 재정비하기로 했다.

거실 재정비에 앞서 어떤 거실을 원하는지에 대해 함께 이야기를 나눴다. 남편은 노트북으로 작업하기 편하면서, 사람들이 왔을 때는 아늑하게 둘러앉아 얘기할 수 있는 거실을 원했다. 남편에게 노트북으로 작업할 때는 어떤 자세가 편한지,

어떤 구조가 아늑하게 느껴지는지 물었다. 작업할 때는 홈오피스용 책상과 의자가 좋고, 사람들이 왔을 때는 낮은 테이블과 소파가 있는 게 더 좋을 것 같다고 한다. 거기에 현관과 거실 사이에 파티션은 꼭 있었으면 좋겠단다. 맙소사, 이러다간 50평도 좁을 판이다.

꿈에 젖어 원하는 거실의 모습을 쏟아 놓는 남편을 진정시키고, 현재 우리 집에 적용할 수 있는 방법을 찾아 약간 낮은 테이블과 단단한 패브릭 소파를 두기로 했다. 테이블 높이가 낮아서 소파에 앉아서도 책상에 앉은 것처럼 편하게 노트북 작업을 할 수 있었다. 탄탄한 소파는 의자처럼 사용할 수 있으면서 의자보다는 푹신해서 휴식 공간으로도 딱이었다. 'ㄱ' 자 형태의 소파를 구입해 현관 쪽이 막힌 구조로 배치한 다음, 현관과 소파 사이에는 폭이 좁고 낮은 선반을 파티션처럼 두었다. 이렇게 하니 집이 답답해 보이지 않으면서 자연스럽게 공간 분리가 되었다. 게다가 물건도 수납할 수 있었다. 참 마음에 든다.

내친김에 거실장도 구입해 소파 맞은편에 두었더니 거실이 훨씬 가지런해졌다. 신이 난 남편이 조심스럽게 마음을 털어 놓았다. 그동안 거실에 내 물건이 너무 많아서 공간을 사용하기 힘들었다고. 그랬다. 어차피 남편은 잘 안 쓰니까 괜찮겠지 하면서 테이블에 내 물건을 치우지 않는 일이 많았다. 특히 화분 분갈이 시즌이 오면 거실 테이블 위에 넓게 펼쳐 놓고 작업을 했다. 그러다가 허리가 뻐근해 잠시 쉬려고 했던 것이 다음 날로 이어지기도 하고, 수백 개의 화분 분갈이가 모두 끝날 때까지 며칠씩 그대로 두기도 했다. 겨울과 여름이면 식물들로 빼곡해지는 것도 불편했을 것이다.

거실은 함께 쓰는 공간인 만큼 둘 다 편하게 쓸 수 있도록 앞으로는 항상 깨끗이 정리하기로 했다. 또한 식물은 되도록 베란다에서만 키우고, 거실을 더 예쁘게 꾸며 줄 몇 가지만 들여놓았다. 가드닝 작업도 베란다에 있는 전용 작업대에서만 하기로 했다.

그 후로 남편이 거실에서 머무는 시간이 늘었다. 노트북으로 강의를 듣기도 하고, 주말에는 소파에 누워서 낮잠을 자기도 했다. 내가 소파에 앉아 있으면 슬그머니 옆으로 와 음악을 듣기도 한다.

나도 거실에 있는 시간이 더 많아졌다. 테이블과 의자가 낮

아서 발이 땅에 편안하게 닿으니 오래 앉아 있기도 좋다. 햇빛이 좋은 날이나 비 오는 날 오후면 창밖이 보이는 거실에 앉아 느긋한 티타임을 즐긴다. 잠들기 전에는 거실을 한 바퀴 둘러보며 하루를 정리한다. 이때는 가족이니까 이해해 주겠지 하는 마음보다 손님의 눈으로 바라보려 한다. 그래야 다음날 누구나 앉고 싶을 때 와서 사용할 수 있는 쾌적한 공용 공간을 유지할 수 있을 테니 말이다.

　조금 늦어지긴 했지만 우리 둘 모두에게 만족스러운 휴식 공간이자 업무 공간, 거실이 완성되었다. 이번에는 이 모습을 오래도록 유지해야지.

나를 닮은 침실, 남편을 닮은 작은방

앞서 말했듯 우리 부부는 방을 나눠서 꾸몄다. 침실은 내가, 그리고 작은방은 남편이. 그래서 침실에 들어가면 마음이 편안하고, 작은방에 들어가면 남편의 내면을 방문하는 것처럼 기분이 몽글몽글해진다. 나와 남편을 닮은 우리 집 침실과 작은방을 소개하겠다.

우선 침실부터. 우리 집 침실에는 잠드는 것 외에 불필요한 물건이 전혀 없다. 철저히 휴식을 위한 공간이라고 할 수 있다. 처음에는 남편의 요청으로 침대가 없는 좌식 침실을 만들었다가, 내가 허리를 다쳤을 때 너무 불편해서 침대를 들이기로 했다. 남편이 침대에서 자는 걸 불안해 해서 찾게 된 것이 저상

형 라지킹 침대다. 침실이 큰 것도 아닌데 라지킹 사이즈의 침대를 들이려니 고민이 많아졌다. 나머지 공간을 어떻게 꾸며야 답답하지 않고 원하는 분위기를 연출할 수 있을까. 고민 끝에 헤드 부분에 긴 선반이 있는 침대를 골랐다. 선반 앞부분에 턱이 있어 물건을 올려 두어도 떨어질 염려가 없고, 정면에서 보면 작은 물건은 가려져서 정돈되어 보였다.

방에 침대가 들어왔다. 은은하게 나뭇결이 보이는 것 외에는

아무 장식도 없는 침대다. 음, 막상 들이고 나니 괜찮네. 덕분에 내가 좋아하는 작은 꽃무늬가 그려진 베이지색 100수 순면 침구가 더 잘 보인다.

침대 옆에는 'ㄷ' 자를 90도 옆으로 돌린 것 같은 모양의 폭 좁은 테이블을 두어 화장대로 사용하기로 했다. 우리 집 화장대 위에는 화장품이 없다. 기초 제품은 주로 욕실에 두고, 색조 화장품은 파우치 하나에 다 들어갈 정도로만 구비해 동그란 수납 의자 안에 넣고 화장할 때만 꺼내 쓴다. 화장을 다 마치고 수납 의자를 테이블 아래로 쏙 집어넣으면 깔끔! 침실에서 쓰는 공기 청정기와 가습기도 낮에는 테이블 아래에 나란히 넣어 둔다. 이렇게 하면 튀어나오는 부분이 없으니 보기에 깔끔하고, 방에 넓은 침대를 두어도 답답한 느낌이 없다. 통행도 불편하지 않다.

화장대 위 벽에는 테두리가 굵지 않은 원목 원형 시계와 거울을 걸어 두었다. 그리고 침실을 꾸며 줄 잎이 예쁜 벽걸이 화분 하나. 장식품이 많으면 시선이 분산되고 청소만 힘들어진다. 화분은 한 번씩 샤워시키듯 씻어 내며 물을 주니 관리가 쉽고 먼지 걱정도 없어 합격! 침대 위로 내려오는 햇살과 소복

한 연두색 잎사귀가 빛나는 화분. 그 모습을 보고 있으면 아름다운 그림을 보는 듯한 편안함이 채워진다. 혼자 살 때의 기분이 느껴진달까.

이제 작은방으로 가 보자. 우리의 놀이방으로 쓰는 작은방에는 낮은 패브릭 소파와 TV, 남편이 예전부터 모아 온 CD, LP, 오래된 만화책이 있다. 벽에는 남편이 찍은 사진을 크게 출력해서 만든 아크릴 액자와 영화 포스터, 엽서가 군데군데 걸려 있다. 연애할 때 내가 만들어 준 배지 포스터도 그대로 걸려 있다.

작은방에 있으면 남편이 혼자 사는 집에 놀러 간 것 같은 기분이 든다. 그래서 더 재미있고 색다르다. 나는 집에서 자꾸 할 일을 찾고 만들어 내는 편인데, 작은방에 있을 때만큼은 친구 집에 놀러 간 것처럼 아무 생각 없이 편하게 놀게 된다. 작은방에는 시계도 없다. 일부러 놓지 않았다. 놀다 보면 말 그대로 시간 가는 줄 모른다는 단점이 있지만, 뭔가 일상 탈출 느낌이 충만한 공간이 참 좋다. 당연하게도 남편은 자기가 꾸민 작은방을 우리 집에서 가장 좋아한다.

함께 쓰는 공간이지만 각자의 취향을 담뿍 담은 침실과 작은방 덕분에 우리 집 분위기가 한층 더 다채로워졌다. 때로는 편안하게 때로는 재미있게, 우리 부부가 함께 잘 살기 위해 찾아낸 방법이다.

간소해도 취향은 가득한 옷장

　일을 그만둔 후 미니멀 라이프에 점점 빠져들면서 옷장 정리를 시작했다. 계절마다 옷을 사도 왜 그렇게 입을 게 없던지, 꾸역꾸역 채워 넣기만 했던 옷장은 그야말로 혼돈 그 자체. 우선 돌아오는 계절마다 안 입는 옷을 버렸다. 내가 갖고 있던 것은 옷이 아니라 미련이었던가. 버려도 버려도 자꾸만 버릴 옷이 나왔다.

　계속된 버림 끝에 내 옷장에는 자주 입는 옷만 남게 되었다. 이렇게 버리면 나중에는 뭘 입지 싶었는데, 오히려 이렇게 저렇게 조합해서 옷 입는 연습을 하기에는 더 좋았다. 얼마 없는 옷들을 상의와 하의, 원피스와 겉옷으로 나누어 특성에 맞게 걸거나 개고 돌돌 말아서 넣으니 옷장 정리도 금방 끝났다.

결혼 후 좀 더 큰 옷장이 생겼다. 침실에 세 칸짜리 붙박이 장이 있었는데 그중 한 칸은 이불장으로, 두 칸은 내 옷장으로 쓰기로 한 것이다. 아침 일찍 출근하는 남편에게는 작은방 하나를 드레스룸으로 만들어 줬다.

결혼 전보다 두 배로 넓어진 옷장에는 내 옷이 전부 들어가고도 공간이 남았다. 옷장이 넓어지면 더 편해질 줄 알았는데, 어떻게 정리를 해도 마음에 들지 않았다. 더 간단하고 실용적으로 옷을 정리할 방법이 없을까?

그러던 중 '캡슐 옷장'을 알게 되었다. 캡슐 옷장이란 자주 입는 의류와 잡화만 모아 두는 핵심 옷장을 말한다. '옷장 안의 미니 옷장'이랄까. 새로운 공간을 만들 수도 있지만 기존의 옷장에 구획을 나누어 특정 부분을 캡슐 옷장으로 정해 두고 쓸 수도 있다. 이렇게 하면 캡슐 옷장에서 머리부터 발끝까지 모든 준비를 마칠 수 있다. 유레카! 내가 찾던 시스템이다.

그동안 옷장 정리를 하면서 익힌 나름의 노하우와 캡슐 옷장 개념을 활용해 옷장 정리를 시작했다. 옷장 두 칸 중 왼쪽은 캡슐 옷장으로 쓰기로 했다. 정확하게는 위쪽 선반과 아래쪽 서랍을 제외한 가운데 공간만. 여기에는 지금 계절에 자주 입는 상·하의와 원피스, 겉옷을 수납했다. 위쪽 선반에는 다른 계절에 입는 옷을 담은 패브릭 수납 박스를, 아래쪽 서랍에는 매일 꺼내 입는 속옷과 홈웨어, 잠옷 등을 개서 보관했다.

문에는 훅과 수납함을 달아서 스카프와 모자 등 잡화와 양말을 담아 두었다. 오른쪽 옷장에는 부피가 큰 겨울 외투와 주름이 생기지 않게 걸어 두어야 하는 정장, 이제는 자주 입지 않는 출근복이나 가끔 입는 등산복, 흐트러지지 않게 보관해야 하는 가죽 토트백을 수납했다. 이렇게 하니 옷장이 훨씬 쾌적해졌다. 평소에는 왼쪽 옷장 문만 열어서 외출 준비를 하고, 특별한 이벤트가 있을 때는 오른쪽 옷장 문을 연다. 계절이 바뀌면 위쪽에 올려 둔 패브릭 박스를 내리고 캡슐 옷장의 옷과 바꾸면 된다.

내 옷장은 갖고 있는 옷을 한눈에 볼 수 있다. 그래서 지금 내게 필요한 아이템이 무엇인지도 단박에 알 수 있다. 목적에 따라 위치를 구분해 놓으니 업무 미팅이나 가족 모임, 친구들과의 약속 등 특별한 일정마다 어떤 옷을 입을지 계획하기도 쉽다.

차분히 정리된 옷장을 보니 출근할 때 입었던 옷이 대부분이었다. 복장도 자유로운 편이었는데 왜 이렇게 비슷한 옷만 입었을까. 여유 없던 당시를 떠올리니 쓸쓸했다. 그때부터 계절마다 마음에 드는 옷을 조금씩 샀다. 수수한 옷들이 대부분이긴 해도, 전보다는 훨씬 다양해졌다. 내 취향이 가득한 옷장에서 어떻게 옷을 입을지 고민하는 재미도 생겼다.

옷을 입는 즐거움이 옷의 개수나 옷장의 크기와 비례하지는 않을 것이다. 나는 옷장을 거의 다 비운 후에야 옷을 어떻게 입을 것인지 제대로 생각하게 되었다. 필요한 옷이 무엇인지, 좋아하는 옷이 어떤 것인지 알게 되었고, 나를 즐겁게 하는 옷으로 채울 수 있었다.

나이가 들면 나에게 맞는 옷을 입는 게 더 중요해지겠다는 생각이 들어서, 시간이 날 때마다 마음에 쏙 드는 아이템을 찾으려 한다. 나만의 기본템을 하나씩 모으면서, 간간이 계절과 유행에 따라 즐거움을 더해 주는 아이템을 넣다 보니 옷 입는 것이 점점 재밌어졌다.

나에게 맞는 옷이 무엇인지 찾아가는 과정은 옷이라는 일상의 한 부분을 넘어 나와 관련된 삶의 모든 것을 조금 더 의식

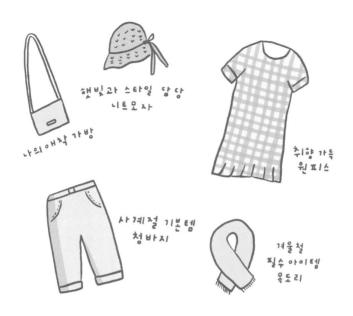

햇빛과 스타일 당당
니트 모자

나의 애착 가방

취향 가득
원피스

사계절 기본템
청바지

겨울철
필수 아이템
목도리

적으로 고민하고 선택하는 계기가 되었다. 옷이 사회적 신호를 주고받는 중요한 도구가 된다는 것도 깨달았다. 그래서 지금은 '내가 입고 싶은 대로 입더라도 잘못된 신호를 전달하지는 말아야지.'라고 생각하며 옷을 고른다.

가진 것을 간소화하다 보니 얼핏 지루할 수도 있겠다 싶었는데, 오히려 미니멀 라이프를 시작하고 나서 일상이 더 풍부해졌다. 미니멀리스트의 옷장이라고 단순한 디자인의 옷만 있을 필요도 없고, 늘 같은 옷을 입는 것도 아니다. 단지 외출 전 어떤 옷을 입을지 결정하는 일이 빨리 끝난다는 것, 고루 손이 가는 옷과 나에게 맞는 옷들로만 채워져 있다는 점이 다를 뿐. 앞으로도 계속 천천히 나만의 옷장을 가꿔 나가되, 지금처럼 늘 여유 있을 정도로만 채워져 있으면 좋겠다.

정체를 숨긴 화장대

화장하는 걸 좋아하던 때가 있었다. 무궁무진하게 변신이 가능한 화장을 어떻게 좋아하지 않을 수 있을까. 고운 색상의 색조 제품들이 늘어선 화장대는 또 얼마나 아름다운지. 하지만 피곤과 아침잠에 밀려 점차 화장을 덜 하다 보니 내 얼굴은 옅은 화장이 더 어울린다는 걸 깨달았다. 그러다 갑자기 심한 지루 피부염이 생긴 후로는 화장에 대한 흥미가 아예 사라졌다. 화장보다는 피부가 건강해지는 데 온 관심을 쏟았다. 건강하지 않은 피부에 비싼 화장품이나 시술은 밑 빠진 독에 물 붓기였고, 어렵긴 해도 자연 성분과 순한 화장품으로 매일 부지런하게 관리하는 것이 훨씬 효과적이었다.

하지만 색조 화장품을 만들어 쓰는 데는 한계가 있었다. 어차피 화장을 많이 하지 않으니 나에게 꼭 맞는 색조 제품을 찾기로 했다. 어떤 제품은 처음엔 괜찮은 것 같다가 일주일 정도 쓰다 보면 트러블이 심하게 올라왔다. 그러면 한두 달 정도는 아무 시도도 하지 않고 피부가 진정될 때까지 기다려야 했다. 아예 화장을 하지 않으면 좋겠지만, 사람을 만나야 하는 직업의 특성을 생각하니 시간이 오래 걸리더라도 내 피부톤에 어울리면서 성분이 순한 제품을 찾고 싶었다. 지루 피부염은 완치할 수 없는 만성 질환이기도 하고, 평생 쓸 화장품을 찾는 일이니 서두르거나 포기하지 않기로 마음먹었다.

십수 년간 수없이 시도한 끝에 나의 화장품 컬렉션이 완성되었다. 자연스럽게 커버가 되고 휴대하기 편한 쿠션 팩트, 향 없는 루스 파우더, 촉촉한 컨실러, 혈색을 더해 주는 블러셔, 연필처럼 단단한 아이브로펜슬, 가는 속눈썹에도 뭉치지 않게 바를 수 있는 기본 마스카라, 매일 발라도 지겹지 않을 색상의 루주, 기한 내에 소진할 수 있도록 몇 가지 색이 조금씩 들어 있는 아이섀도 세트까지. 모두 유행을 타지도, 트러블을 일으키지도 않는 제품들이다.

파우치 하나에 쏙 들어가는 컬렉션을 완성하려 얼마나 많은 노력을 했는지. 어디 전시라도 하고 싶을 만큼 뿌듯한 결과물이지만, 평소에는 화장대 수납 의자 속에 보관하다가 화장할 때만 꺼내 쓴다. 여행할 때는 이 파우치 하나만 챙기면 되니 이보다 더 간편할 수 없다.

기초 제품은 대부분 천연 화장품을 소량으로 만들어 욕실 수납장에 두고 쓰기 때문에 우리 집 화장대 위에는 화장품이 없다. 화장대는 'ㄷ' 자를 옆으로 돌려놓은 것 같은, 테이블 상판만 있는 형태로 아래에 공기 청정기와 가습기, 수납 의자가 쏙 들어간다. 평소에는 화장대 아래로 밀어 넣어서 침실의 통로를 넓게 확보하고, 화장할 때만 빼서 사용한다. 여분의 화장품이나 미용 도구들은 옷장 서랍에 따로 보관한다.

그릇이 가장 유용한 순간은 비어 있을 때라고 했던가. 나는 되도록 화장대를 비워 두려고 한다. 테이블도 비워 놓을수록 사용하기 편하니까. 지금 화장대에는 작은 트레이가 딸린 탁상 거울 하나만 놓여 있다. 트레이에는 반지나 머리핀 같은 작은 물건을 잠시 두기 좋다. 탁상 거울은 벽 거울과 달리 각도를 조절할 수 있어서 화장할 때 유용하다.

이따금 꽃다발을 선물받거나, 베란다 정원에 꽃이 피면 화병에 담아 화장대에 놓아 두기도 한다. 아침에 눈을 떴을 때 침실에서 꽃을 마주하면 기분이 참 좋다. 기분 좋게 하루를 시작할 수 있는 가장 쉬운 방법이랄까. 비어 있는 화장대는 이럴 때 더욱 빛난다. 화장할 때만 정체를 드러내는 우리 집 화장대는 앞으로도 쭉 이 모습을 유지할 것이다.

 이불장 리모델링

　침실의 붙박이장 세 칸 중 하나는 이불장으로 쓰고 있다. 이불장으로 나오는 수납장은 대부분 커다란 선반 하나를 중심으로 두고 위, 아래 두 칸으로 나뉘어 있다. 대체 이불장은 왜 이렇게 생긴 걸까? 정리할 때는 차곡차곡 넣으면 된다지만 꺼낼 때는 어떡하라고. 아래쪽에 있는 이불을 꺼낼 때면 한바탕 힘겨루기를 해야 한다. 목표한 이불만 나오면 되는데, 주변 이불이 같이 나오려 해서 온몸으로 막으며 빼낼 때도 있다. 그렇게 이불을 빼내고 나면 정갈하던 이불 라인이 보기 싫게 흐트러진다. 아, 불편하다. 이대로 써야 하나?

　문득 옷장에 있는 패브릭 수납함이 떠올랐다. 수납함에는 칸

막이가 있어서 정리할 때 훨씬 수월하다. 이불장도 공간을 나눠 보면 어떨까? 두어 개 칸을 나누어서 부피가 큰 건 큰 것대로, 작은 건 작은 것대로 모아 두면 편하지 않을까? 이불장 벽면을 보니 구멍이 여러 군데 뚫려 있어서 원하는 대로 선반의 위치를 바꾸거나 추가로 설치할 수 있을 것 같았다. 구멍이 뚫려 있지 않았다면 수평과 간격을 맞추어 드릴로 뚫어야 해서 힘들었을 텐데, 다행히 구멍이 이미 있어서 나무판과 'ㄱ'자 받침인 다보 피스만 주문하면 되었다.

치수를 재고 재료를 주문하는 일은 남편에게 맡겼다. 줄자로 대충 한 번만 재는 나보다는 남편이 꼼꼼하니까. 남편은 몇 번이고 치수를 재고, 수많은 목재의 장단점을 공부한 후 알맞은 목재를 주문했다. 내가 요청한 색깔과 두께에 맞는 목재를 합리적인 가격으로.

목재가 도착한 날, 남편은 기대에 찬 표정으로 포장을 풀고 침실로 뛰어 들어갔다. 우리는 취향은 달라도 이런 일을 할 때는 호흡이 척척 맞는다. 내가 목재의 먼지를 닦는 동안 남편이 이불을 모두 꺼내고, 선반을 하나씩 전달하면 남편은 아래쪽에서부터 설치해 나갔다. 우리는 선반을 세 개 달아서 공간을 총 다섯 칸으로 나누었다. 제일 아래 칸은 크고 무거운 이불 자리로 넣고 빼기 쉽게 넓은 간격으로 만들고, 중간층은 솜이 불을 개어서 하나씩 넣을 수 있게 적당한 간격으로 두었다. 위쪽 두 칸은 간격을 좁게 해서 얇은 여름 이불이나 잘 쓰지 않는 이불을 보관했다. 선반을 추가한 후 필요한 이불을 손쉽게 꺼냈을 때의 희열이란 이루 말할 수 없다.

선반이 있으니 이불 관리도 훨씬 편해졌다. 제습제를 놓기도, 교체하기도 편했다. 여름이면 습기 제거를 위해 이불 사이에 신문지나 한지를 끼워 두는데, 이불을 꺼낼 때면 종이가 흐트러지곤 했다. 하지만 선반을 단 후에는 선반 바닥에만 종이를 깔아 두어도 이불이 여름내 보송했다. 선반으로 이불 간격이 벌어지니 공기가 순환되고, 솜이 눌리지 않는 것도 좋다. 엄마는 이불의 솜이 눌리지 않게 항상 이불장의 모든 이불을 꺼내어 요를 제일 바닥에 넣고, 그 위로 가벼운 순서대로 이불을 넣어서 보관했다. 어릴 때는 엄마가 유별나다고 생각했다. 그 덕분에 늘 새것 같은 이불을 덮을 수 있었다는 것도 모르고.

햇빛이 좋은 날이면 이불장 문을 활짝 연다. 창문으로 들어오는 시원한 바람이 이불장 안을 훑고 지나갈 수 있도록. 이불장 속 가지런히 들어 있는 이불들이 더욱 포근해지도록.

우리 부부는 침구 관리를 열심히 한다. 둘 다 집먼지진드기 알레르기가 심하기 때문이다. 여름에는 매주 60도 이상의 뜨거운 물에 이불을 세탁한다. 부피가 크고 무거운 겨울 이불은 격주에 한 번씩 빨고, 세탁하지 못하는 주말에는 팡팡 두드려서 먼지라도 턴다. 무척 귀찮지만 이렇게 하지 않으면 잠을 잘수 없으니 도리가 없다. 숙명으로 받아들여야지. 이불을 교체할 때는 바닥 시트부터 덮는 이불, 베갯잇까지 모두 한꺼번에 교체한다. 그렇지 않으면 남겨진 침구에서 집먼지진드기가 빠르게 퍼져 나간다. 교체한 보람도 없이.

원래 우리 집 침실에는 침대가 없었다. 알레르기를 걱정하는 내게 남편은 이불을 매일 개서 올려 두겠다고 했다. 호언장담했던 남편은 점점 이불을 방치했고, 허리 디스크로 몸이 불편했던 나도 관리를 포기했다. 결국 침실 바닥에는 항상 이불이 펴져 있었다. 우리 집 침실은 우리 부부뿐만 아니라 집먼지진드기에게도 안락했으리라.

우리는 2년 넘게 알레르기와 전쟁을 치르다가 결국 침대를 샀다. 바닥에서 자는 걸 좋아하는 남편을 위해 낮은 높이의 침대 프레임을 고르고, 매트리스는 라텍스 소재를 택했다. 이후 알레르기가 점차 줄어들었다. 처음부터 이렇게 했으면 좋았을 것을! 이런 수고 끝에 요즘은 남편도 나도 꽤 잘 잔다. 먼 길 돌아 찾은 숙면이다. 잠이 보약이라던데, 이 숙면이 앞으로도 계속되길······.

숙면을 부르는 침구 관리

  나는 어릴 때부터 만화책이나 애니메이션을 좋아했다. 집에
있을 때는 애니메이션 채널을 라디오처럼 계속 틀어 놓곤 했
다. 그중에서도 〈피너츠〉를 가장 좋아했다. 그렇다, 그 유명한
스누피가 나오는 만화다. 드라마틱한 사건도 없고 판타지 같
은 요소도 없지만, 소소하고 잔잔한 장면들이 마음을 편하게
해 주어서 멍하니 앉아 한참을 보곤 했다. 〈피너츠〉에는 항상
담요를 들고 다니는 남자아이 '라이너스'가 나온다. 주인공인
찰리 브라운의 가장 친한 친구로, 고민을 잘 들어 주고 늘 진
지한 애어른 같으면서도 한편으로는 애착 담요를 버리지 못하
는 모순적인 모습이 나랑 닮았다.

나도 애착 이불이 있었다. 내 애착 이불은 패치워크 무늬의 얇은 면 이불이었다. 덥거나, 습하거나, 몸이 아프거나, 알 수 없는 어떤 이유로 잠이 잘 안 오는 날에도 보드랍게 사각거리는 그 이불을 덮으면 나도 모르게 잠이 들었다. 어린 시절 너무 아팠던 어느 날, 엄마의 토닥임에도 잠을 못 이루다가 그 이불로 바꿔 덮고서야 겨우 잠이 들었던 기억이 생생하다. 아마도 나는 감각이 아주 예민한 아이였나 보다.

　그래서일까, 나는 여전히 옷이나 침구 등의 소재에 관심이

냐앙~?

많다. 침구를 좋아하다 보니 이불 관리도 열심히 하는 편이다. 하지만 이불 빨래는 쉽지 않았다. 대체 이불은 어떻게 빨아야 하는 걸까? 소재마다 조금씩 세탁 방법이 다르지만 기본적으로 이불은 찬물에 손세탁하는 것이 정석이다. 하지만 집먼지진드기 알레르기가 있다면 60도 이상의 물로 세탁하는 게 좋다. 그래서 난 이불을 살 때 고온의 물세탁이 가능한 소재인지부터 확인한다.

만약 이불이 너무 커서 세탁기에 잘 들어가지 않는다면, 구겨 넣기보다는 가지런히 접어서 넣는 편이 좋다. 나는 세로로 삼등분해서 접은 후 돌돌 말아 세탁기에 넣는다. 언젠가 빨래를 하다가 이불이 찢어졌다. 세탁기에 있는 이불 세탁 코스를 사용했는데, 몇 번만에 이불이 찢어졌다. 오래된 이불도 아니고 쨍쨍한 새 이불이었는데……. 알고 보니 세탁기의 세탁 방식에 원인이 있었다. 드럼 세탁기는 물 사용량을 줄이기 위해 낙차를 이용하는 방법으로 세탁하는데, 그러다 보니 이불이 빨리 마모되거나 찢어지기 쉽다고 한다. 울 코스처럼 살살 돌려 주는 게 좋은데, 울 코스에서는 60도 온도 설정이 안 되어서 이불 세탁이 아닌 일반 세탁 코스로 돌리고 있다.

부드러운 소재의 이불이라면 꼭 커다란 이불 세탁망에 넣고 돌리는 것을 추천한다. 또한, 깨끗해 보이는 새 이불도 만드는 과정에서 먼지나 실밥이 많이 묻기 때문에 꼭 세탁 후 사용하는 것이 좋다.

이불을 오래 사용하려면 중성 세제를 사용하는 것이 좋지만, 피부가 민감한 나는 친환경 세제를 쓴다. 베이킹 소다와 과탄산 소다를 1:1의 비율로 섞어서 세제 대신 사용하고, 구연산수를 1~2퍼센트 농도로 만들어서 헹굼제 대신 사용한다.

원래 이불 세탁은 약하게 탈수하고 그늘에서 말리는 게 좋다. 하지만 나는 그렇게 하지 않는다. 아니, 그렇게 하지 못한다. 물기를 머금은 이불은 너무 무거워서 꺼내어 널기가 힘들기 때문이다. 이불을 오래 쓰는 것보다 내 손목과 허리를 건강하게 오래 쓰는 일이 더 중요해진 시점부터는 어쩔 수 없이 이불을 강하게 탈수한다. (그래도 무겁다.)

특별한 이유가 없으면 나는 베란다에 이불을 널어 햇볕을 쬔다. 햇볕에 말린 이불의 바스락거리는 촉감을 좋아하기도 하지만 알레르기를 방지하기 위해서이기도 하다. 가정에서는 햇빛의 자외선만큼 좋은 살균 소독이 없는 것 같다. 주로 바람이 잘 부는 날을 골라서 세탁하는데, 흐린 날씨가 이어지면 베갯잇만이라도 바꾼다.

이불 관리 못지않게 이불장 관리도 중요하다. 이불이 켜켜이 쌓여 있는 이불장은 습기 관리가 핵심이다. 언젠가 잘못 관리한 이불 한 채 때문에 이불장에 있던 이불 전체를 새로 세탁하고, 청소 업체까지 불렀던 적도 있다.

당시는 볕이 잘 들지 않는 자취방에서 생활할 때라 제대로 이불을 빨아서 널기 어려웠다. 대충 덜 마른 듯한 이불을 걷어 이불장에 넣었고, 얼마 후 간지러움이 시작되었다. 이불장의 어떤 이불을 덮어도 마찬가지였다. 습도 높은 이불에서 번식한 집먼지진드기가 다른 이불에까지 번진 것이었다. 미칠 듯한 가려움에 며칠 동안 잠도 못 자고 괴로움에 시달리다 결국 전문 청소 업체가 다녀간 후에야 편안히 쉴 수 있었다. 그 후로 완전히 까슬하게 마르지 않은 이불은 이불장에 넣지 않는다. 한 번 꺼내 덮은 이불도 세탁하기 전에는 절대 이불장에 넣지 않는다.

매년 여름이 오기 전 제습제를 확인하고 교체할 여분도 넉넉하게 준비해 둔다. 고온다습한 여름에는 제습제를 넣어 두면 한 달도 되지 않아 물이 꽉 찬다. 겨울에 덮는 솜이불을 보관할 때는 이불 사이사이 한지나 신문지를 넣는다. 종이를 깔아 두면 계절이 지나도 이불이 눅눅해지지 않아 좋다. 추운 겨울에는 자주 환기하기 어려우니, 날씨가 좋고 바람이 잘 부는 날에 집 안 전체 환기를 할 때 이불장 문도 열어 두는 걸 추천한다. 열심히 하루를 살아 낸 내 몸이 쉬는 시간, 보송한 침구로 오늘도 편안한 밤이 되길!

난 빈 책상이 좋다. 정확히 말하면 넓은데 비어 있는 책상이 좋다. 책을 읽고, 글을 쓰고, 그림을 그리거나 무언가를 뚝딱뚝딱 만들 수 있는 나만의 공간. 하고 싶은 게 다양하다 보니 책상은 크면 클수록 좋았다. 넓은 책상이 비어 있는 모습을 보면 저기에서는 무엇이든 할 수 있겠다는 생각과 무엇이든 당장 하고 싶은 마음이 생겨난다.

그런데 자꾸만 책상 위로 물건이 올라온다. 깔끔해 보이자고 자주 쓰는 물건을 서랍에 넣었다 뺐다 하기에는 내가 너무 게으르다. 결국 슬금슬금 책상 위로 올라서는 물건이 늘어났다. 내 마음의 평화가 야금야금 사라지는 느낌이다. 책상을 완전히 비워 둘 방법은 없을까? 열심히 검색하고 고심한 끝에 네트망을 샀다. 네트망을 벽에 걸고 수납 도구를 활용해 책상 위에 있는 물건과 서랍 속 물건을 벽에 걸었다. 심심했던 벽에 재미가 생기고 책상 위에는 다시 평화가 찾아왔다.

물론 모든 물건을 벽에 걸지는 못했다. 벽에 만든 수납공간에도, 책상 옆 잡다한 물건을 보관하는 철제 서랍에도 들어가지 않는 크기의 물건들이 남아 있었다. 데스크 매트, 가계부, 원목 독서대가 그것이다. 책상 위에 올리자니 미관을 해치고, 다른 곳에 보관하자니 자주 쓰는 물건이라 매번 옮겨 오는 것이 불편했다. 어떻게 해야 할까?

가만히 책상을 바라봤다. 책상 아래 공간이 너무 넓었다. 이렇게까지 넓을 필요는 없는데……. 이 공간을 활용할 방법이 없을까? 책상 옆에는 잡다한 물건을 층층이 종류별로 보관하는 철제 서랍이 놓여 있었다. 시중에 파는 수납함 중에 마음에 드는 것도 없고, 굳이 수납을 위해 무언가를 또 사고 싶지도 않았다.

이번에도 네트망을 활용했다. 길쭉한 형태의 흰색 네트망을 하나 구입해서 니퍼를 이용해 아래쪽을 'ㄷ' 자로 구부렸다. 구부리는 것 자체는 어렵지 않지만, 잘못 구부렸다가는 형태가 비뚤어질 수 있어서 양 끝 지점을 펜으로 꼼꼼하게 표시해 가며 구부렸다. 팔 힘이 더 강했다면 완벽하게 각진 형태로 구부릴 수 있었겠지만, 그래도 원하는 형태에 가깝게 만들어졌다. 이제 서랍 옆면에 튼튼한 훅을 붙인 후, 구부려 놓은 철망을 걸면 끝! 싱거울 정도로 빨리 끝나 버렸다.

좀 엉성해 보이기는 해도 맞춤이라 사용감은 기성 제품보다 훨씬 쾌적하다. 먼저 수납함의 두께가 책상을 쓸 때는 방해되지 않으면서 원하는 물건은 다 들어갈 수 있어서 딱 좋다. 소재가 튼튼해서 큰 물건을 넣어도 든든하고, 위쪽과 옆면이 뚫려 있어서 물건을 자주 꺼내고 넣기에도 편하다. 책상 상판 아래에 있으니 잘 드러나지 않지만 내부가 훤히 보여서 물건을 찾기도 쉽다. 오픈된 수납도 아니고, 감춰진 수납도 아니니 반오픈 수납이라고 불러야 할까?

서랍 옆에 만든 수납함 덕분에 책상 위 평화가 지켜졌다. 집이 한층 더 넓어 보인다.

다리가 아플 땐 손 산책

얼마 전 오랜만에 외출을 했다. 그런데 너무 신이 났나 보다. 통통거리며 걷다가 그만 대차게 미끄러져 버렸다. 심하지는 않지만 다리를 다쳐서 한동안 산책을 할 수 없게 되었다. 집에 있는 걸 좋아하지만 막상 나가지 못하게 되니 좀이 쑤셨다. 바깥 산책을 못하니 '손 산책'이라도 가야겠다.

나는 손바느질을 손 산책이라고 부른다. 손바느질은 산책과 비슷한 점이 많다. 산책을 할 때면 풍경을 보면서 여러 가지 생각이 머릿속에 떠돈다. 한 가지 생각이 끝나기도 전에 또 다른 생각이 꼬리를 문다. 꼬리를 물고 둥둥 떠다니는 생각들. 어차피 결론이 나지 않는 생각들이라 상관은 없다. 떠오르면 떠오르는 대로, 사라지면 사라지는 대로 둔다. 한참을 걷다 보면 '오늘 저녁노을은 평소보다 더 붉네, 노을에 비친 잎사귀 그림자가 아름답네.' 하는 풍경에 대한 생각이 이어지고, 그러다 아무 생각이 들지 않는 순간이 온다. 그런 산책을 하고 나면 복잡했던 머리도 답답한 가슴도 개운해진다.

손바느질도 그렇다. 실을 꿰다 보면 무슨 잡생각이 그렇게 많이 떠오르는지 모르겠다. 오늘 있었던 일, 며칠 전 있었던 일, 심지어 아주 오래전 일까지 떠오른다. 좋았던 기억이 떠오르면 미소가 지어지지만, 부끄러웠던 일이 생각나면 얼굴이 달아오른다. 그러다 점점 바느질이 손에 익어 가고 수월해지면 아무런 생각 없이 바느질에만 집중하게 된다.

한 땀 한 땀 바느질을 이어 가면 옷감 위를 걷는 듯 리듬이 느껴진다. 가끔 실이 꼬여 엉뚱한 매듭이 묶여 버리면 바늘 끝을 이용해 살살 풀어내고, 도저히 풀리지 않으면 어떻게든 티가 나지 않게 실을 끌어다 감추기도 한다. 그러다 보면 어느새 시간이 훌쩍 흘러가 있다. 재봉틀로 하면 순식간에 끝났을 일일 테고 같은 자세로 집중해서 하다 보니 눈도 어깨도 아프지만, 난 바늘과 실로 옷감 위를 걷는 손 산책이 재미있다. 옷감

을 손으로 만지는 감촉이나 바늘이 천을 뚫고 들어가는 느낌이 참 좋다.

오늘은 어디를 산책해 볼까. 수선할 옷가지를 챙겼다. 우선 파자마 바지부터. 파자마류는 허리 밴드가 심하게 조일 때가 있다. 이 바지도 그렇다. 이럴 때는 옷 안쪽의 시접을 뜯어서 밴드를 자르고, 얼마간 띄워서 다시 박음질로 고정하면 편하게 입을 수 있다. 실의 색깔만 원래의 색과 비슷한 것으로 골라 일자로 바느질하면 된다.

그런데 요즘 옷들은 공정을 줄이기 위해서인지 밴드를 허리선에 같이 박아 버리는 경우가 많아서 손이 더 많이 간다. 이런 옷은 수선집에서도 잘 받아 주지 않아서 직접 할 수밖에 없다. 허릿단 시접이 없으니 뜯어낸 자리에는 휘감치기를 해서 올이 풀리지 않게 마감도 해야 한다. 그렇지만 손바느질을 제대로 하면 재봉틀로 한 것보다 더 튼튼하게 오래 쓸 수 있다.

파자마 바지 두 벌, 리넨 반바지 하나를 수선했다. 바늘을 손에 든 김에 티 타월의 고리 부분이 떨어진 것도 고쳐 달았다. 티 타월 고리나 이불 속 끈이 떨어졌을 때처럼 수선집에 들고 가기 애매하거나 무거워서 힘든 것들은 직접 하곤 한다.

재봉틀을 사용할 때도 있다. 남편의 바지 밑단을 줄일 때처럼 일자로 길게 바느질해야 할 때는 재봉틀로 박는다. 독학으로 배운 재주라 만년 초급자의 실력이지만 일자 박기만큼은 자신 있다. 직장에 다닐 때는 퇴근 후 저녁마다 재봉틀 앞에 앉곤 했다. 재봉틀을 사용할 때는 조심해야 하니 딴생각을 하지 못한다. 업무 스트레스에서 벗어나는 나만의 방법이었다. 집중하다 보면 머릿속은 비워지고 좋아하는 패브릭으로 만든 소품이 하나씩 완성되었다. 처음엔 컵 받침, 테이블 매트 등을 만들었는데, 좋아하는 천을 섞거나 실의 색깔을 다르게 해서 새로운 분위기의 소품을 만들 수 있었다.

작은 가죽 태그나 리본 끈을 끼워서 마무리하면 선물하기에도 좋다. 요즘은 예전처럼 자주 재봉틀을 쓰지 않아서 수납장 안에 넣어 두었는데, 아무래도 보이지 않으니 잘 쓰지 않게 된다. 거실 어딘가에 재봉틀을 위한 자리를 만들어 주어야겠다.

🫘 겨울이 재미있어지는 뜨개

 우리 집에서 내가 가장 좋아하는 공간은 거실이다. 작은방이 남편의 취미로 가득 채워진 공간이라면, 거실은 내가 취미 활동을 하는 공간이다. 조용한 음악을 틀어 놓고 테이블 앞에 앉아 책을 읽거나, 뜨개질을 하거나, 자수를 한다. 온몸의 긴장이 풀어지는 여유롭고 편안한 시간.

 겨울이면 거실에서 보내는 시간이 더 아늑하게 느껴진다. 커다란 목도리를 꽁꽁 동여매고 며칠 전 내린 눈으로 질척해진 길을 걷다가 집에 들어오면 부츠에 묻어 있던 눈은 금세 녹아 물로 변하고, 장갑을 벗은 손은 갑작스러운 기온 변화에 혈액이 빠르게 돌며 저릿저릿하다. 따뜻한 물로 샤워를 하고 거실에 앉아 차 한 잔을 마시면 그렇게 좋을 수 없다. 귤 한 바구니와 뜨개질 거리를 꺼내 자리를 잡는다.

지하철에서도 뜨개질을 할 정도로 뜨개를 좋아하지만 사실 소질은 별로 없다. 도안이나 동영상을 보고 어찌어찌 따라 하는데, 돌아서면 까먹어 버린다. 분명 작년에 무늬를 넣은 목도리를 완성했는데, 올해 다시 해 보려고 하면 벼락치기로 외운 수학 공식처럼 전혀 기억이 나지 않는다.

그럼에도 불구하고 내가 뜨개질을 좋아하는 이유는 단순 반복 행위에서 자연스러운(?) 멍 때리기를 할 수 있기 때문이다. 모양을 내기 위해 이리저리 꼬고 순서를 바꾸는 건 멍 때리기에 방해가 된다. 우직하게 뜨개만 해 왔다면 무늬를 짜면서도 멍 때리기를 할 수 있을 경지에 이르렀겠지만, 취미 부자인 나는 이것저것 시도해 보느라 실력이 깊어질 틈이 없었다. 하지만 몇 가지 단순한 기술로도 목도리나 무릎 담요 정도는 만들 수 있으니 얼마나 다행인지. 단, 가성비는 떨어진다. 담요 하나를 완성하는 데 시간과 재료비가 상당히 들기 때문이다. 그래도 직접 뜬 담요에는 값을 매길 수 없는 따스함이 들어 있다. 내가 뜨개를 좋아하고 끊지 못하는 또 다른 이유다.

뜨개질이 주는 힐링은 털실을 고를 때부터 시작된다. 온라인에서도 털실을 살 수 있지만 나는 주로 오프라인 매장에 가서 직접 보고 고른다. 어떤 브랜드의 어떤 제품이 어떤 특징이 있는지 온라인 검색만으로는 샅샅이 파악할 수 없기 때문이다. 그래서 직접 눈으로 보고 만져 보고 완성되었을 때 모습을 상상하며 실을 고르는 편이다.

동대문 시장에 가면 수많은 털실을 볼 수 있다. 그중에서도 눈에 쏙 들어오는 몇몇 털 뭉치를 보고 있으면 상점 주인이 다가와 친절하게 설명해 준다. 무엇을 만들려는 건지 물어보고 적당한 털실과 그에 맞는 바늘 호수를 알려 주기도 한다. 계산할 때 뭔가를 더 챙겨 주는 건 오프라인 쇼핑에서만 느낄 수 있는 매력이다.

따뜻한 거실에 앉아 라디오를 들으면서 뜨개질을 시작했다. 이번에는 아주 커다란 담요를 만들 계획이다. 얼마 전 배운 대로 계속 코바늘로 실을 이어 가며 만들어 보려고 한다. 비록 단순한 기술밖에 사용할 줄 모르지만 여러 가지 예쁜 색상의 보드라운 털실이 보완해 줄 것이라 믿는다. 언젠가 북유럽을 여행하게 되면 멋진 털실을 사 와야지. 기분 좋은 상상을 하며 부지런히 손을 움직인다. 결혼한 후로는 혼자서 취미 활동을 하는 시간이 대폭 줄어들어서 담요가 언제 완성될지는 모르겠다. 그래도 봄이 오기 전까지는 완성하는 게 목표다. 나만의 담요 프로젝트 덕분에 올겨울이 조금 더 재미있을 것 같다.

잠시만 안녕

특정 계절에만 쓰는, 소위 계절 기구가 있다. 우리 집 계절 기구는 에어컨, 선풍기, 전기난로인데 지난해에 가습기가 추가됐다. 기관지가 약해서 겨울이면 건조한 공기에 고생하면서도 가습기를 들이지 않았다. 매일 세척하지 않으면 찜찜한데 그렇다고 잘 세척할 자신도 없었으니까. 그러다 관리가 편한 가습기를 발견하고 냉큼 들였다. 자동으로 자외선 살균이 되는 기능이 있어서 한 달에 한 번만 구연산으로 물통을 세척하고, 먼지가 내려앉는 표면만 자주 닦았다. 크기도 작고 여름에는 선풍기로도 쓸 수 있어서 옮길 필요도 없었다. 모든 계절 용품이 이런 식이면 좋을 텐데, 대부분은 때가 되면 잠시 이별해야 하는 순간이 온다.

선선한 바람이 불기 시작하면 여름철 집 안을 쾌적하게 해 준 기구를 정리한다. 1순위는 에어컨. 우리 집 에어컨에는 작동이 끝날 때마다 자동으로 내부를 건조하는 기능이 있다. 하지만 다음 여름까지는 작동을 멈추고 기다려야 하니, 송풍 모드를 한참 틀어서 혹시 남아 있을지 모를 내부 습기를 완전히 말린다. 그런 다음 먼지 필터를 떼어서 물로 씻고 베란다에 널어 둔다. 에어컨 리모컨에 들어 있는 건전지는 녹슬지 않도록 빼놓는다.

필터가 다 마르면 다시 끼워 넣고 창고에서 에어컨 커버를 꺼내 머리부터 발끝까지 씌운다. 커버를 씌우지 않으면 다음에 쓰기 전 또 먼지를 청소해야 하는 과정이 필요해진다. 실내에서 쓰는 전기 기기라 해도 먼지가 계속 쌓이면 표면이 거칠어지고 노후화되기 쉬워 커버를 씌워 두는 편이 좋다. 햇빛이 닿는 장소에 있다면 변색을 막기 위해서도 커버가 필요하다. 정남향 거실은 겨울이면 햇빛이 들어오지 않는 곳이 없어서 에어컨 커버는 필수다.

다음은 선풍기 차례. 선풍기 날개는 분해해서 세척하고, 잘 말린 후 다시 조립해 커버를 씌운다. 여름이 시작되기 전 세탁해 둔 커버들은 커다란 지퍼백에 모아 베란다 붙박이장에 보관하는데, 지퍼백 안에 제습제인 실리카 겔을 하나 넣어 두면 온도 차가 심하고 습도가 높은 베란다에서도 곰팡이 걱정 없이 관리할 수 있다.

베란다 붙박이장의 아래쪽 공간은 계절 용품을 보관하기 위해 일부러 넓게 남겨 두었다. 겨울에는 선풍기를 보관하고, 여름에는 전기난로를 넣어 둔다. 오늘은 전기난로를 꺼내고 그 자리에 선풍기를 넣었다. 여름내 돌아간 선풍기에게 고생했으니 이제 좀 쉬라고, 전기난로에게는 이제 잠에서 깨어나 온기를 뿜어 달라고 혼잣말을 하면서. 꺼낸 김에 전기난로가 잘 작동되는지 점검도 했다. 막상 사용해야 할 때 고장 나 있으면 곤란하니 미리 확인하고 수리해 두는 게 좋다. 전기난로를 정리할 때는 먼지를 가볍게 닦고, 코드는 덜렁거리지 않게 묶어서 고정한다. 전기난로는 따로 커버가 없어서 커다란 비닐봉지에 넣어 두는데, 여기에도 실리카 겔을 하나 넣는다.

예전에는 선풍기를 가을이 되고 겨울이 되어 사용할 일이 없어도 넣어야지 생각만 하고 방치하다가 다음 여름에 고대로 다시 사용하곤 했다. 하지만 미니멀 라이프를 시작한 이후에는 냉난방 용품을 정리하는 것으로 계절을 마무리한다. 그러면서 올여름은, 올겨울은 어땠는지 찬찬히 돌아보며 한 계절을 잘 살아 냈다고 스스로 토닥인다. 내년에 다시 꺼낼 때까지 또 잘 살아 보자고 다짐하면서.

4장

무한 도전이
가능한 베란다

우리 집 비밀의 숲, 베란다 정원

    가드닝은 내가 가장 좋아하는 취미다. 그래서 집을 구할 때 베란다가 있는 집을 찾아다녔다. 전원생활에 대한 로망이 있어서 베란다에서라도 마음껏 가드닝을 하고 싶었다. 결혼 전 혼자 살던 집에도 작은 베란다가 있었는데, 1평도 되지 않는 공간이었지만 기쁨과 활력을 얻는 충전소였다. 베란다 문을 열고 나가면 나만의 비밀 장소에 간 듯 몸과 마음이 회복되는 것 같았다. 생활 공간과 분리된 베란다는 식물에 물을 줄 때 흙이 좀 튀어도 신경이 쓰이지 않고, 온도에 민감한 식물을 따로 돌보거나 추운 날이나 더운 날 오로지 식물을 위해 환기하기도 편했다.

하지만 남향에, 채광이 좋고, 통풍이 잘되며, 주변에 편의 시설이 충분하면서도 조용한, 그런 베란다가 있는 아파트를 구하기는 쉽지 않았다. 시간이 흐를수록 초조했지만 끈질긴 노력 끝에 결국 모든 조건을 만족하는 집을 찾아냈다.

베란다가 있는 집은 식물을 키우는 것 외에 사람이 생활하기에도 좋은 점이 많다. 실내와 야외의 중간 지점인 베란다는 완충 지대 역할을 한다. 더운 날이면 태양의 열기를 한 번 걸러 내어 실내를 시원하게 지켜 준다. 물론 몹시 더운 한여름에는 베란다도 뜨거워지지만, 천이나 블라인드 등으로 햇빛을 가리면 온도를 낮출 수 있다. 겨울에는 베란다의 공기층이 햇빛을 품어 실내가 훨씬 따듯하다.

우리 집 베란다는 식물을 키우는 공간과 빨래를 너는 공간으로 나뉜다. 요즘에는 건조기가 잘 나온다지만, 역시 빨래는 햇볕과 자연 바람에 말리는 게 최고다. 쾌청한 날이면 베란다에 널어 둔 빨래가 반나절 만에 다 마른다. 게다가 햇볕 소독에 개운해지는 기분까지.

또한 베란다 끝에 놓인 의자에 앉아 창밖을 내다보면 계절의 변화를 느낄 수 있다. 외출 없는 날이면 일어나자마자 차

한 잔을 들고 베란다 정원을 찾는다. 멀리 보이는 나무에서 연녹색 새싹이 피어나는 듯싶더니 금세 울창한 푸른 잎이 우거지고, 푸른빛을 발하던 나뭇잎이 따스한 가을 색으로 주위를 물들이다 보면 어느새 흰 눈이 내리는 겨울이 된다. 여름에는 베란다를 찾는 시간이 조금 더 당겨진다. 뜨거운 햇볕이 찾아들기 전 맨발로 타일을 밟으면 시원하면서도 포슬포슬하다. 이 맛을 느끼려고 매일 베란다 바닥을 깨끗이 청소한다.

우리 집에는 습도가 높은 환경을 좋아하는 식물이 많다. 그래서 장마철이면 부쩍 잎이 무성해진다. 연일 비가 오고 어두컴컴한 날들이 계속되는 장마철에도 초록으로 우거진 베란다 정원에 있으면 편안한 기분이 든다. 반영구적으로 사용할 수 있는 태양열 랜턴이 있는데, 베란다에 이 랜턴을 켜 두면 따스한 불빛이 퍼져 마치 숲에 있는 것 같다. 나만의 안전한 숲속.

서서히 더위가 물러가고 조금씩 찬 공기가 몰려오면 남향의 베란다 정원은 전성기를 맞이한다. 정남향의 베란다는 한겨울에도 낮 온도가 20도를 훌쩍 넘는 온실이 된다. 식물이 자라는 속도가 빠르지 않아 크게 할 일이 없는 데다, 우리 집에서는 꽃들이 가장 많이 피는 시기라 느긋하게 감상하기 좋다.

보통은 봄에 만발하는 제라늄도 남향인 우리 집에서는 겨울에 꽃이 제일 예쁘게 핀다. 가을에 심어 봄에 꽃을 보는 사랑초도 한겨울부터 피기 시작해 오랫동안 화사하게 유지된다. 짧고 아담한 잎사귀 위로 보이는 동그란 꽃 얼굴이 이름처럼 정말 사랑스럽다.

베란다 정원은 코로나 시대에 더욱 빛을 발했다. 당시 나는 백신 1차 접종 후 부작용이 심해서 2차 접종을 하지 못했다. 그래서 꽤 오랜 기간 외출이 어려웠다. 집을 좋아한다고 생각했는데 수개월이나 출입이 제한되니 답답함이 밀려왔다. 공원을 산책하며 버티는 것도 추워지니 힘들어졌다. 우울해질 때면 베란다 정원을 찾아 식물들을 바라봤다. 햇살이 따스하게 내려앉은 베란다에 조각 케이크와 커피를 들고 들어가면 그어떤 곳보다 안락한 식물 카페가 되었다. 바깥과 안의 중간 지대, 우리 집 숲속 베란다에 있으면 조여 오던 숨통이 트이는 것 같았다.

그 시절 내게 포근한 쉼터가 되어 주던 야외 소파 자리에 지금은 작업용 책상과 의자가 있다. 이곳에서 나는 씨앗을 심고, 물꽂이도 하고, 분갈이도 하고, 사진을 찍어 SNS에 올리기도

한다. 티타임을 가지고, 책을 읽고, 음악을 듣고, 그저 멍하니 바깥 풍경을 볼 때도 있다.

이 모든 시간을 품고 있는 베란다는 우리 집에서 아주 중요하다. 있으나 마나 한 자투리 공간이 아니라, 생활을 더욱 쾌적하게 하고 계절의 변화를 느끼며 허전한 마음을 채워 주는 곳. 작은 베란다의 다양한 쓸모를 보면 공간은 크기보다 어떻게 활용하는지가 더 중요하다는 생각이 든다.

집 구하기가 어려워 베란다를 포기하라고 나를 설득하던 남편은 이제 바닥에 매트를 깔고 누워 일광욕을 즐길 정도로 베란다를 좋아한다. 베란다가 있는 집이 이렇게 좋은 줄 몰랐다나. 나와 함께 식물을 돌보는 일도 늘었다. 내가 아침에 베란다를 돌아보는 것으로 하루를 시작하듯이 남편은 저녁을 먹고 나서 베란다를 한 바퀴 둘러보며 하루를 마무리하는 듯하다.

커다란 다육이 밑동에 깨알 같은 다육이가 생겼다. 번식시킨 적도 없는데, 이게 무슨 일이람. 어린 다육의 얼굴은 믿기지 않을 만큼 작고 정교하다. 몇 년 묵은 모체와 내가 번식시킨 중간 개체, 저절로 생긴 아주 어린 개체가 한 화분에 모여 자연에서 그대로 떼어 온 것 같은 모습을 만들었다. 손바닥만 한 화분에서 우주의 신비가 느껴지는 것만 같다.

먼 훗날 베란다 정원과 우리 집, 그리고 우리는 어떤 모습이 되어 있을까. 문득 궁금해진다. 매일 소소하게 피어난 행복의 시간이 쌓여 만들어진 편안한 모습이면 좋겠다, 마음속으로 조용히 되뇌어 본다.

베란다 정원 옆 자그마한 텃밭

우리 집 베란다 정원은 관상용 식물로 가득하지만, 간혹 식용 식물도 키우곤 한다. 식용 식물을 키우면 우리가 먹는 농작물이 자라는 과정을 처음부터 지켜보는 재미가 있다. 그뿐만 아니라 자급자족을 실현한다는 차원에서 말로는 다 표현하지 못할 다양한 감정을 느낄 수 있다. 샌드위치를 만들면서 상추가 딱 두 장만 있었으면 할 때, 어묵탕을 끓이면서 쑥갓이 딱 한 줄기 필요할 때, 디저트를 만든 후 민트 잎사귀 한두 장으로 장식하고 싶을 때 바로 톡 따서 사용하는 쾌감은 제법 짜릿하다.

좁은 베란다에서 식용 식물을 키우려면 계획이 필요하다. 주변 환경을 고려해 씨를 뿌릴 것인지, 모종을 살 것인지 생각해야 하고, 적절한 시기에 맞추는 게 좋기 때문이다. 또 낮과 밤의 온도에 따라 언제 갈무리할 것인지, 다음 식물은 무엇을 키울지 미리 생각해 두면 공간을 놀리는 일이 없이 알뜰하게 쓸 수 있다.

그리고 환상을 버려야 한다. 마트에서 파는 것 같은 높은 품질을 기대한다면 실망할 수도 있다. 자주 즐겨 먹는 것보다 조금씩 필요한 것을 키우는 게 좋다. 식구 수가 적다면 큰 땅도 필요 없다. 작은 텃밭 화분, 혹은 스티로폼 박스만 있어도 괜찮다. 경험상 깊은 스티로폼 박스에서 농작물이 제일 잘 자랐다. 햇빛이 온종일 직접 닿는 공간이 있으면 좋은데, 빛이 부족하다면 LED 식물 성장등으로 보충하거나 창문 바깥에 거는 형태의 텃밭 화분도 생각해 볼 수 있다.

우리 집은 정남향이라 겨울이면 온종일 햇빛이 거실 끝까지 들어온다. 덕분에 베란다는 겨울에도 20도가 넘는 자연 온실이 된다. 밤에는 영상을 겨우 넘을 정도로 온도 차가 큰데, 저온성 작물을 심으면 건강하게 키울 수 있다. 병충해도 잘 생기지 않고, 작물이 자라나는 속도도 빠르지 않아 텃밭을 가꾸기 좋은 환경이다.

겨울에는 대체로 채소 가격이 오르는데 우리 집 텃밭은 한창 수확기라는 점도 쏠쏠한 재미를 느끼게 한다. 베란다 텃밭 농사는 선선한 가을부터 시작해 겨울에 전성기를 맞는다. 다음 해 봄까지 수확하다가 이른 더위가 시작되는 5월 전에 모두 마감한다. 5월쯤 되면 관상용 식물들도 성장기를 맞이해 자리가 비좁아지기도 하거니와, 여름에는 병충해도 빈번해서 농사를 잠시 쉰다.

우리 집 베란다 텃밭의 대표 작물은 상추와 비올라다. 상추와 비올라는 베란다에서 키우기 좋은 식물이다. 상추는 낮은 기온에서 잘 자라는 저온성 작물이라 겨울에도 냉해 걱정 없이 키울 수 있다. 서늘할수록 싱싱하고 빳빳하게 자라고, 더운 환경에서는 꽃대를 올리며 짧은 생을 마감한다. 가을에 키우기 시작하면 겨우내 수확할 수 있는데, 부드러우면서도 적당히 꼬들꼬들해서 먹기에 딱 좋다.

텃밭 화분에 상추 씨앗을 넉넉하게 뿌린 후 흙을 아주 살짝만 올려 덮거나, 덮지 않고 화분에 랩을 씌워 습도를 유지한다. 며칠 내로 싹이 나오는데, 초반에 햇빛이 부족하면 웃자라기 쉽다. 한번 웃자란 상추는 줄기가 튼튼하지 않아 수확이 부실해지기 때문에 빛이 부족한 곳이라면 작은 상추 모종을 구입해서 심는 게 낫다. 어느 정도 싹이 자라면 큰 싹만 남기고 나머지를 솎아 낸다. 솎아 낸 작은 상추 싹들은 모아서 주방으로 데려온다. 계란을 하나 꺼내서 부치고, 엄마가 만들어 보내 준 고추장과 참기름을 준비한다. 커다란 그릇에 밥을 푸고, 깨끗이 씻은 상추 싹들과 계란, 고추장과 참기름을 넣고 쓱쓱 비빈다. 직접 키운 유기농 상추 비빔밥이 완성되었다.

텃밭 화분에 남겨 두었던 싹들이 좀 더 자라면 다시 한번 그중에서 작은 개체를 솎아 낸다. 이번에는 조금 잎사귀가 크니 상추 겉절이를 만든다. 커다란 그릇에 깨끗이 씻은 상추를 담고, 간장과 설탕, 식초, 고춧가루, 참기름을 조금씩 넣고 살살 버무린다. 입맛을 돋울 상추 겉절이가 완성됐다. 마트에서 산 상추에서는 느낄 수 없는 달짝지근한 맛이 연하게 묻어난다.

일고여덟째 본잎이 나오면 이제 본격적인 성장기다. 아래쪽 잎사귀만 떼 수확하면 위쪽은 계속 성장해서 점점 더 큰 잎을 내준다. 몇 포기만 남겨 두어도 봄까지 성인 두 명이 고기쌈을 싸 먹기에 충분한 양이 나온다. 주말 아침에 토스트나 샌드위치를 만들 때 베란다에서 두어 장 가져 와 쓰기도 좋다.

비올라는 요리 후 하나씩 장식하기 좋은 식용 식물로 삼색 제비꽃으로도 불린다. 꽃이 팬지와 비슷하게 생겼지만 크기가 훨씬 작다. 햇빛과 바람이 풍부하다면 키우기 쉬운 식물이다. 씨앗으로도 발아가 잘되고 성장 속도도 빠른 편이라 빛이 좋은 곳에서는 2개월 만에 꽃을 수확하기도 한다. 우리 집 베란다에서는 한겨울에 파종해 3개월 만에 첫 꽃을 피웠다. 가을부터 2주 간격으로 조금씩 나누어 파종하면 봄까지 계속 꽃을 볼 수도 있다.

알록달록 다양한 색상의 꽃이 피면 수확해서 비빔밥, 샐러드, 디저트, 음료의 장식 등으로 사용할 수 있다. 한 번에 너무 많은 꽃이 피면 얼음을 얼릴 때 틀에 넣어서 꽃 얼음을 만들어 둔다. 이렇게 만든 꽃 얼음은 평범한 음료도 특별하게 만든다. 손님이 왔을 때나 기분 전환하고 싶을 때 빛을 발한다. 비올라 꽃은 압화를 만들어도 색깔이 잘 변하지 않는다. 몇 송이는 압화로 만들어 손 편지를 쓸 때 하나씩 붙이거나 캘리그라피를 할 때 꾸미기도 한다.

비올라는 환경 적응력이 좋아 큰 화분에서는 크게, 작은 화

분에서는 작게 자라기 때문에 못 쓰는 작은 그릇에서도 키울 수 있다. 단, 키가 작고 잎이 무성해서 통풍에 주의해야 한다. 통풍이 안 되면 해충이 생기기 쉬우므로 조금 크고 나면 잎을 자주 솎아 준다.

그 외에 베란다 텃밭에서 재미있게 키웠던 작물은 파, 당근, 딸기가 있다. 항상 다 자란 상태로 상품으로 판매되는 모습만 보다가 매일 조금씩 자라는 성장 과정은 낯설고 경이로웠다. 새로 알게 된 사실도 많다. 대파는 생각보다 빛과 양분이 많이 필요한 식물이었다. 모종을 사서 심어도 어린 쪽파 정도로 얇게 자랄 뿐이고, 시간도 오래 걸렸다. 대파에게 상추의 성장 속도를 기대하는 건 무리였을까. 요리에 항상 대파를 듬뿍 넣어 먹는 편이라 대파 농사에 기대가 컸던 나는 너무도 느릿한 대파의 성장 속도에 실망하고 말았다. 이렇게 더디 커서 너를 언제 먹니. 가끔 고명으로 쓸 쪽파라면 모를까, 대파는 그냥 사 먹기로 결정.

당근과 딸기도 키우면서 두근두근했다. 당근의 싹이 이렇게나 예쁠 줄이야. 근사한 화분에 심어 두면 관상용 화초로 보일 정도였다. 수확할 때 투두둑 뿌리째 뽑는 느낌도 신났다. 제법 씨름을 해서 얼마나 큰 당근이 나오려나 했는데, 겨우 손가락만 한 크기여서 놀랐지만. 크기는 작아도 향은 마트에서 파는 것보다 훨씬 진해서 쌉싸름한 내음이 났다. 나름 만족.

딸기는 모종일 때부터 너무 예쁘다. 덩굴줄기와 잎사귀도 예쁘지만 하얗고 동그란 꽃이 피면 감탄이 나온다. 성장 속도도 빨라서 하루가 다르게 커 가는 모습을 지켜보는 재미가 있다. 바람에 자연 수분이 잘되는 편이지만, 붓으로 살짝 꽃가루를 문질러 주면 더 많은 열매를 볼 수 있다. 집에서 키우는 딸기는 파는 것처럼 달지 않고 모양도 울퉁불퉁하다. 그래도 연두색 열매가 점점 빨갛게 물드는 모습을 보여 주는 것만으로도 소임을 다한다. 마치 시간의 흐름을 알려 주는 모래시계 같다. 그 예쁨에 반해 다음에 또 키우고 싶다는 생각이 든다.

베란다 텃밭의 휴식기가 끝날 즈음, 올해는 무엇을 키울지 즐거운 상상을 해 본다. 규모가 작아 매년 골라 심는 즐거움이 있다. 화분 하나에는 루콜라를 심고, 하나는 래디시를 심어 봐야지. 물론 비올라도 빼놓을 수 없다. 올겨울에는 비올라를 안 쓰는 찻잔에 심어 테이블 위에서 꽃피워야겠다.

미니멀리스트의 원예용품 정리

미니멀 라이프를 지향하면서 베란다에 정원을 가꾸는 건 정말이지 쉽지 않은 일이다. 식물은 생명이 있어 자라고 번식하며 늘어난다 하더라도, 어째서 원예용품마저 늘어나는 것일까? 게다가 원예용품은 덩치 큰 물건이 대부분이라 자리를 많이 차지하고, 일상용품과 한데 보관할 수도 없다. 복잡해진 베란다를 보니 마음도 복잡해졌다. 정리가 시급하다.

처음이라 잘 몰라서 샀던 것들, 어쩌다가 나를 스쳐 간 도구들, 어떻게 우리 집에 온 건지도 모르겠는 물건들을 정리하니 내가 가장 좋아하는 것들만 남았다. 사용하기 편하고 오래 보아도 질리지 않는 것들이다. 내가 이렇게 수수하고 실용적인 것을 좋아하는 사람이었나? '물건이든 사람이든, 버리고 버리고 또 버렸을 때 남는 것이 진짜 나의 것'이라고 하던가. 어릴 때는 어떻게든 인간관계를 이어 가려고 애썼지만, 이제는 해가 되는 관계라면 끊어 내거나 거리를 둔다. 굳이 부정적인 관계를 이어 나가기 위해 시간과 에너지를 쓸 필요가 있을까. 나를 아끼고 사랑하는 사람들과 내가 좋아하는 것을 하며 살기에도 시간이 부족한데……. 생각은 이만하고, 이제 정리를 좀 해 볼까?

베란다를 천천히 둘러보며 어디에 뭐가 있는지 위치를 파악했다. 짙은 녹색 모종삽, 손잡이가 커다란 원예용 가위, 한 손에 쏙 들어오는 크기의 미니 수수 빗자루, 식물 그림이 그려진 핸드 타월……. 처음에는 원예용품들을 베란다 벽이나 식물 선반 아래, 작업대 위 등 여기저기에 보관했다. 하지만 가드닝하는 시간이 늘고 물건의 사용 빈도수가 정해지면서 자리 배치를 다시 해야 했다. 자주 쓰는 도구들은 오픈 수납처럼 눈에 잘 보이도록 거실에서 베란다로 들어가자마자 보이는 왼쪽 벽에 걸어서 보관할 수 있는 자리를 만들었다. 이케아에서 파는 페그보드가 더 단정해 보였지만, 창고에 보관하고 있던 네트망을 꺼내 활용했다.

원예용품은 무거운 철재도 많고 지저분해진 손으로 물건을 급히 찾아야 하는 경우도 종종 있어서 못을 박아서 네트망을 걸기로 했다. 쾅쾅쾅! 이사 온 후 처음으로 박는 못이었다. 콘크리트 벽이어서 애를 좀 먹었지만, 혼자서 못 두 개 박기 성공! 단단히 박힌 못을 보니 어깨가 으쓱해졌다.

네트망을 못에 걸어 벽에 부착하고 고이 보관하고 있던 수납 부속품들을 모두 꺼내 걸었다. 원통형 수납함에는 원예용 가위, 붓, 핀셋, 미니삽으로 쓰는 일회용 숟가락 등을 넣었다. 다른 원통형 수납함에는 마 끈과 식물 줄기를 고정할 때 쓰는 철사 종류를 담았다. 직사각 형태의 낮은 수납함에는 니트릴 장갑을, 높은 수납함에는 화분 깔망으로 재사용하는 말린 커피 필터를 보관했다. 훅 형태의 고리에는 좋아하는 모종삽을 크기대로 걸었다. 그 옆에는 손 빗자루와 미니 쓰레받기, 핸드타월과 티슈 커버를 차례대로 걸었다. 텅 비어 있던 벽에 크고 작은 도구들을 가지런히 정리해 놓았더니 보기도 좋고 물건을 찾기도 쉬워졌다.

다음으로는 뭘 정리해 볼까? 베란다 여기저기 놓인 화분이 보인다. 각양각색 다양한 나의 화분들. 우리 집 원예용품 중 가장 많은 게 화분이다. 고백하건대 식물 수보다 많다. 식물을 키우다 보니 다양한 화분을 알게 되었고, 욕심이 생겼다. 옆면에 구멍이 뚫려 있어 통풍이 잘되는 슬릿분, 세로로 길쭉해서 뿌리가 길게 발달하는 식물에게 좋다는 롱분, 깔끔하게 정리하기 좋은 사각분이나 팔각분 등 다양한 형태로 나오는 플라스틱 화분에서부터 반짝반짝 윤이 나는 도자기 화분, 흙 느낌이 그대로 나는 토분까지.

그중에서도 난 토분을 좋아한다. 토분은 흙물이나 이끼 혹은 백화 현상 같은 얼룩이 잘 들어서 독특한 멋이 생겨나기도 한다. 토분에도 여러 종류가 있는데, 잘 만들어진 수제 토분은 개성 있는 디자인과 독특한 색감, 질감이 마치 예술 작품 같다. 우리나라의 수제 토분은 아주 유명해서 BTS의 공연 티켓을 예매하는 것보다 구하기 힘들다는 우스갯소리가 있을 정도다. 그런 토분도 몇 개 있을 정도로 화분 수집에 푹 빠져 있었으니, 베란다는 시간이 갈수록 미니멀 라이프와는 점점 거리가 멀어졌다.

현재 쓰고 있지 않은 화분을 꺼내 종류별로 나눴다. 그동안

은 여기저기 재주껏 쑤셔 넣어서 몰랐는데, 몽땅 꺼내어 보니 많기도 하다. 빈 텃밭 화분을 비롯해 각종 크기의 플라스틱 화분, 유리 화분, 유약분, 고화도 토분, K-수제 토분까지. '언젠가' 쓰기 위해 남겨 두기에는 너무나 많다. 거실이, 침실이, 주방이 그랬던 것처럼 베란다도 다시 바꾸어야 할 때가 온 것 같다. 조금만 방심하면 흐트러지는 공간이 아니라 유지 가능한 시스템이 필요하다.

두꺼운 택배 상자를 하나 가져와 플라스틱 화분을 크기별로 모아서 넣었다. 이 상자를 넘는 양은 처분하기로 했다. 토분은 여러 개를 겹쳐 놓을 수 없어서 식물 선반 제일 아래층에 쪼르르 넣어 두었다. 마찬가지로, 제일 아래층을 넘어서는 양은 갖고 있지 말자고 다짐했다. 흙과 비료 등 각종 원예 자재는 베란다의 작업 책상 아래 공간에 수납하고 리넨 천을 달아 가렸다. 원예 자재도 이 공간을 넘치지 않게 할 것이다.

정리를 하고 나니 내가 좋아하는 식물 하나하나가 더 잘 보인다. 오랜만에 동백 화분을 작업 책상 위에 올려 두고 찬찬히 감상했다. 수많은 화분이 나의 손을 거쳐 갔지만 내가 가장 좋아하는 화분은 가드닝을 시작했을 즈음 샀던 이 토분이다. 쉽게 구할 수 있는 심플한 이탈리아 토분일 뿐이지만, 백화 현상과 이끼가 생길 때마다 닦고 남은 흔적이 자연스럽게 자리 잡아 시간의 흐름을 느낄 수 있다. 나와 나의 식물들이 만들어 낸 유일무이한 무늬인 셈이다. 돌고 돌아 찾은 나의 취향이 기본템이었다니. 언젠가 이탈리아를 여행하게 된다면 현지에서만 구할 수 있는 이탈리아 토분을 사 와야겠다. 그리고 다시 아름답고 사랑스러운 무늬를 그려 봐야지.

 아무 일도 손에 잡히지 않는 날

아무 일도 손에 잡히지 않는 날이 있다. 계획한 일을 미적거리다가 늦은 밤이 되어서야 '아, 오늘은 안 되겠다.' 고개를 저으며 찜찜하게 잠든 적이 얼마나 많았던지. 이런 날에는 계획한 일보다 청소와 정리를 하는 편이 좋다. 그리고 오늘이 바로 그런 날이었다.

아침에 일어나 베란다 정원에서 커피를 마실 때쯤 감이 왔다. 오늘은 묵힌 집안일이나 해야겠군. 집 안을 한바탕 청소한 후 행주를 푹푹 삶아 건조대에 널었다. 유리로 된 밀폐 용기는 뚜껑의 고무 패킹을 모두 끄집어내어 과탄산 소다에 깨끗이 표백했다. 정수기 노즐도 해체해서 베이킹 소다를 푼 물에 세척하고 구연산수에 헹궜다. 처음엔 한 가지만 하려고 했는데 일단 움직이기 시작하니 하나 더, 하나 더, 관성의 힘이 몸을 저절로 움직였다.

엊그제 친구가 보내 준 무농약 매실도 모조리 씻어서 말려 두었다. 살랑살랑 부는 바람에 물기가 금방 말라 매실의 솜털이 금방 보송해졌다. 새삼 부드러운 바람이 들락거리는 집과 계절을 보고 느낄 수 있는 건강, 많지는 않아도 현재를 함께할 친구가 있는데 무엇이 걱정인가 싶었다. 기분이 좋아져서인가, 온몸에 에너지가 돌기 시작했다. 끓는 물에 유리병을 소독하고, 매실의 무게만큼 설탕을 계량해서 매실청을 담갔다.

저녁을 먹고 나니 베란다 창고 문에 걸어 둔 그림이 햇빛에 바래어 뿌옇게 변색된 것이 보였다. 언제 저렇게 되었지.

실내에서 키우는 식물 중에는 햇빛이 절반만 닿거나 밝은 반사광이 드는 반양지를 좋아하는 종류가 많다. 하지만 정남향인 우리 집 베란다는 겨울이면 전부 다 햇빛이 닿고 여름이면 거의 햇빛이 들지 않는다. 덕분에 반양지 자리가 귀하다. 봄과 가을에는 딱 적당한 햇빛이 들어오지만 언제나 그렇듯 좋은 계절은 너무 짧다.

그런데 베란다 창고의 문에는 햇빛이 늘 절반쯤 닿고, 바로 옆 창문에서는 바람이 솔솔 들어온다. 이제 보니 변색된 그림이 걸린 자리는 식물 재배 명당이었다. 이참에 저 자리를 식물 선반으로 만들어 보자.

쇠뿔도 단김에 빼랬다고 이케아 매장에 달려가서 페그보드를 사 왔다. 베란다 정리할 때부터 지켜본 단정하고 깔끔한 그 페그보드를 드디어. 창고 문에 네모난 흰색 페그보드를 걸고, 낮은 수납함 네 개를 홈에 끼워 설치했다. 수납함 하나에 작은 화분이 세 개씩 들어가서 화분 열두 개를 담을 수 있었다. 혹시나 떨어지더라도 쉽게 깨지지 않는 플라스틱 화분만 올려두었다. 다행히 지금까지 화분이 떨어진 적은 한 번도 없다.

야심 차게 준비한 화분 걸이에는 어떤 식물을 놓을까? 우선 작지만 선명한 연노란색, 분홍색 꽃을 피운 목마가렛. 바람이 잘 부는 곳이니 여름이 오기 전까지 체력을 비축할 수 있을 것이다. 다음은 퍼플프린스. 빛이 부족하면 초록색이 되고 빛을 많이 받으면 보라색으로 변하는 퍼플프린스는 이곳에서 다채로운 색깔을 보여 줄 것이다. 그 옆에는 동전 같은 잎사귀가 귀여운 필레아페페를 올리니 페그보드에 음표라도 그려진 듯

리드미컬한 느낌이 든다. 주황색과 연두색 무늬가 빈티지한 콜레우스도 같이 올려 두니 어린 유묘들 사이에 풍성함이 돋보인다. 곧 여름이 되면 꽃을 피울 푸크시아와 아키메네스도 빠질 수 없지. 하얀 페그보드에서 꽃을 피우면 이 자리에 걸려 있던 액자보다 더 아름다운 그림이 그려질 것이다.

페그보드를 살 때 깊은 사각형 철망 바구니와 고리, 고무줄 홀더도 같이 구입했다. 철망 바구니는 고리에 걸어서 길게 늘어지며 자라는 식물을 담았다. 고무줄 홀더에는 간단한 식물 일지를 써서 잘 보이게 끼워 둘 것이다.

창고 문에 벽걸이 식물 선반을 설치하고 나니 베란다가 아늑해졌다. 작은 테이블과 접이식 의자를 가져다 두었다. 적당한 햇살과 바람, 식물들이 있는 이 자리는 이제 바깥을 구경하면서 커피를 마시거나, 잠시 앉아 책을 읽기에 좋은 공간이 되었다. 가만히 앉아 있기만 해도 에너지가 충전되는 곳. 만약 고양이가 함께 산다면 우리 집에서 이 자리를 가장 좋아하겠지. (현실은 고양이 같은 내 짝꿍이 주말마다 이 자리를 차지하고 있다.)

의자에 앉아 하늘을 바라봤다. 구름이 절반쯤 드리워져 있다. 멀리 보이는 숲에는 초록이 조금 더 짙어졌고, 내 곁의 식물들은 무럭무럭 자라고 있다. 덥지도 춥지도 않은 딱 적당한 기온과 간간이 불어오는 바람에 잎사귀가 흔들리는 모습이 평화롭다. 따스한 햇볕과 초록, 살랑이는 바람이 나를 감싸는 소중한 시간. 에너지가 채워지는 느낌. 에너지가 충분히 채워지면 저절로 몸을 움직이고 싶어진다. 이제 오늘의 할 일을 하러 나가 봐야겠다.

뚝딱뚝딱 재활용 공작소

지구 온난화로 인한 이상 기후 때문일까, 점점 여름이 빨리 오고 늦게 가는 것 같다. 어느 해는 여름내 장맛비가, 또 어느 해는 비 한 방울 내리지 않는 기록적인 폭염이 계속되었다. 갑작스러운 기상 변화로 우리나라뿐만 아니라 지구 곳곳이 몸살을 앓고 있다. 신경 써야 하는 식물 식솔이 많다 보니 지구의 건강에도 관심을 두지 않을 수 없다. 대단한 환경 보호에 앞장서지는 못하더라도 쓰레기를 덜 배출하고 에너지를 꼭 필요한 곳에만 쓰려고 한다. 그래서 열었다, 재활용 공작소. 필요할 때만 여는 나만의 리폼 공방이다. 재활용 공작소에서 만든 물건들을 소개한다.

우리 집 베란다 정원은 5월부터 여름이 시작된다. 실내는 여름에 해가 가려져 늘 시원하지만, 베란다에는 저녁이 되어도 아직 빠져나가지 못한 열기가 남아 뜨겁다. 에어컨을 틀어 놓는다고 한들 강렬한 태양열을 이길 수는 없다. 에너지만 낭비되겠지. 그럼 어떻게 해야 할까? 문득 창문에 대나무발을 매달아 놓은 집들이 떠올랐다. 그래, 햇빛 가리개를 달아 저 무시무시한 햇빛을 차단해 보자.

집 안 곳곳을 뒤져 햇빛 가리개로 쓸 만한 것이 있는지 찾아봤다. 예전에 주방 가리개로 쓰던 크고 길쭉한 천이 보였다. 이 천은 세탁기 덮개로도 잠시 활동하다가 쉬는 중이었다. 보아하니 햇빛 가리개로 쓰기에 크기가 딱 맞았다.

이제 다음 준비물을 찾아보자. 창문 위에 가리개를 달려고 하니 커튼봉이 필요했다. 하지만 커튼봉을 사고 싶지는 않은데…… 집 안을 누비며 대체할 물건을 찾았다. 햇빛 가리개는 여름 내내 고정해 둘 거라 접착식 훅과 서류용 집게로도 가능할 것 같았다. 창문 위쪽에 일정한 간격을 두고 훅을 네 개 붙였다. 그런 다음 햇빛 가리개용 천을 일정한 간격으로 집게 네

개로 집어서 훅에 걸었다. 집게로 잡아 주니 위쪽 라인이 평평해서 깔끔해 보였다. 순식간에 일어난 아주 간단한 변화로 베란다의 온도가 훨씬 낮아졌다.

베란다 온도가 낮아지니 실내 온도까지 낮아져서 에어컨을 사용하는 시간도 줄었다. 게다가 무엇 하나 새로 사지 않고 만든 햇빛 가리개라니! 우리 집 한쪽 귀퉁이에서 자원의 선순환이 일어나고 있다고 생각하니 뿌듯해졌다.

오래된 수건의 변신

어릴 때 여섯 식구가 살던 우리 집은 수건이 아주 많이 필요했다. 한 사람이 하루에 한 장씩 쓴다고 해도 일주일이면 무려 42개의 수건이 나온다. 아침저녁으로 1인당 두 장씩 쓰면 일주일에 84개. 일주일 치를 모두 모아 두려면 어디 수건 창고라도 하나 있어야 할 판이었다. 제일 늦게 등교하는 내가 욕실을 쓸 때면 이미 다섯 명이 거쳐 간 흔적으로 물기를 잔뜩 머금은 수건 몇 개가 여기저기 널려 있었다. 욕실의 수납장은 오로지 수건으로만 꽉꽉 채워져 있었다. 엄마가 부지런히 수건을 세탁해 욕실장에 채워 놓아도 금방 동이 나서 나는 젖은 머리로 종종 엄마를 부르곤 했다. 다행히 기념품 수건이 끊임없이 들어와서 수가 부족하지는 않았다.

하지만 수건이 넉넉하다고 낭비하는 날에는 엄마의 불호령이 떨어졌다. 지금 생각해 보면 당연하다. 수건 빨래만 한 무더기인데 살짝 쓰고 내놓는 건 용납할 수 없지. 그래서인지 수건을 쓰고 나면 물기가 잘 마르도록 반듯하게 펴서 걸어 두었다가 세탁하는 게 습관이 되었다.

보송했던 수건도 자주 세탁하다 보면 피부가 아플 정도로 빳빳해진다. 수건의 사용 기한은 얼마가 적당할까? 따로 사용 기한이 정해져 있진 않지만 보통 1~2년이면 교체하는 것이 좋다고 한다. 교체 시기마다 몇 장씩 한꺼번에 버리려니 쓰레기가 많이 나와 찜찜한데, 이 수건들을 활용할 방법이 없을까?

궁리 끝에 손걸레를 만들기로 했다. 요즘에는 청소기가 워낙 잘 나와서 바닥을 손걸레질 할 일이 별로 없지만, 한 번씩 걸레가 필요할 때가 있다. 게다가 난 재봉틀도 있다! 까짓것 만들어 보지 뭐. 처음에는 수건을 반으로 자르고, 자른 부분의 끝단을 접어 재봉틀로 박아 올이 풀리는 걸 방지했다. 그런데 생각보다 크기가 컸다. 손빨래할 때 물기를 짜는 게 힘들었다. 그래서 3등분을 했다. 아직 크다. 그다음엔 4등분. 빨고 말릴 땐 좋은데 손걸레로 사용하기엔 좀 작다. 아, 이게 이렇게 어려울 일인가. 결국 헌 수건의 절반은 3등분, 절반은 4등분으로 잘라서 손걸레를 만들었다. 낡은 수건 일곱 장이 귀여운 손걸레 24개로 변신했다.

내가 만들어서일까, 손걸레에 자꾸자꾸 손이 갔다. 바닥이나 가구를 청소할 때도, 창틀을 닦을 때도 사용한다. 물티슈보다 훨씬 잘 닦이고 몇 번이고 빨아서 쓸 수 있다. 특히 가드닝을 할 때면 식물 선반이나 베란다에 흙이 튀어서 지저분해질 때가 많은데, 작은 손걸레로 구석구석 닦다가 세탁하기 힘들 정도로 흙물이 들면 미련 없이 버린다.

헌 수건을 손걸레로 만들고 싶은데 재봉틀이 없어서 고민이라면 걱정마시라. 재봉틀로 올 풀림 방지 처리를 하지 않아도 쓰는 데는 아무 문제없다. 어차피 몇 번 세탁하면 보풀은 다 없어진다. 수건에서 걸레로, 변신해서 야무지게 쓸모를 다하고 마지막으로 쓰레기통에 들어갈 때면 야릇한 뿌듯함이 느껴진다. 네 할 일은 다했어, 고마웠다. 잘 가. 쓰레기를 배출하는 죄책감도 조금은 덜었다.

틈새 청소 전문 칫솔

나는 잇몸이 약하다. (대체 내 몸에서 튼튼한 부분은 어디란 말인가!) 그래서 칫솔이 조금만 마모되어도 양치할 때 통증을 느끼고 피가 나기도 한다. 그렇다고 마냥 부드러운 미세모 칫솔을 쓰면 불규칙한 치열 사이가 힘 있게 닦이지 않아 치아 관리가 어렵다. 오랜 칫솔 유목민 생활 끝에 지금은 키즈용 칫솔을 쓰고 있는데, 손잡이가 조금 짧기는 해도 머리 부분이 작아 구석구석 닦을 수 있고 칫솔모 힘도 적당해서 만족스럽게 사용하고 있다.

우리 부부는 매달 칫솔을 교체한다. 나는 잇몸이 약해서이고, 남편은 양치질을 얼마나 세게 하는지 칫솔모가 빨리 망가져서다. 그러다 보니 쓰레기 배출이 신경 쓰였다. 칫솔은 복합 플라스틱이라 재활용 쓰레기로 분리되지 않는다. 요즘은 대형 마트에 복합 플라스틱을 수거하는 곳이 있지만 그 수가 많지 않아 접근성이 떨어진다. 대나무 칫솔로 바꿔 보기도 했다. 그렇지만 아직은 내 잇몸이 만족하는 대나무 칫솔을 찾지 못했다. 바꾸지 못하면 줄이기라도 해 보자. 헌 칫솔을 활용할 방법을 검색했다.

가장 많이 추천하는 건 청소솔이었다. 틈새를 청소할 때 사용하면 알맞을 것 같았다. 이때 칫솔 목 부분을 살짝 구부리면 사용하기 훨씬 편하다. 칫솔 손잡이 부분은 플라스틱으로 되어 있어 열을 가하면 쉽게 형태를 변형할 수 있다. 칫솔 목 부분을 쿠킹포일로 감싼 후 라이터로 살짝 달군다. 45도 정도로 구부리면 청소할 때 손목에 힘이 덜 들어가고, 90도로 구부리면 싱크대 배수구 바닥을 청소하기에 편리한 모양이 된다. 불에 조금 오래 달구면 말랑말랑해지는데, 이때 가위로 자르면 깨끗하게 잘려서 아예 칫솔 머리를 잘라 내고 청소용 막대기로 써도 좋다. 막대기 끝에 천이나 화장솜, 스펀지, 휴지 등을 감으면 작은 홈이나 구멍을 청소할 때 안성맞춤이다.

재활용 재료로 만든 미니 온실

언젠가 나무젓가락이 너무 많아진 적이 있다. 포장 음식에 끼어들어 온 일회용 젓가락을 쓰지 않고 모은 결과였다. 출처는 다르지만 저마다 비슷한 굵기와 크기로 포장된 나무젓가락들을 어떻게 활용할지 고민하다가 미니 온실을 만들기로 했다. 당시는 겨울이라 베란다에서 키우는 어린 식물이 걱정되었는데 이참에 미니 온실을 만들면 좋을 것 같았다.

필요한 준비물은 나무젓가락과 고무줄, 빵 끈, 칼, 세탁소 옷걸이, 김장용 비닐, 스티로폼 상자. 김장용 비닐 외에는 모두 집에 있던 물건들로 준비했다.

먼저 칼로 스티로폼 상자 뚜껑 가운데 부분을 오려 낸다. 나무젓가락은 고무줄로 이어서 길게 만들어 둔다. 그런 다음 가장자리만 남은 스티로폼 뚜껑 모서리 4곳에 나무젓가락을 꽂아 미니 온실의 뼈대를 만든다. 세탁소 옷걸이를 잘라 둥글게 모양을 만든 다음 빵 끈으로 나무젓가락과 단단히 연결한다. 마지막으로 투명한 김장용 비닐을 씌우면, 미니 온실 완성!

스티로폼 상자가 베란다 바닥의 냉기를 막아 주고 비닐 커버가 습도를 유지해 어린 식물이 잘 클 수 있게 도와준다. 단, 스티로폼 뚜껑이 딱 맞물려 공기가 빠져나가지 못하니 아침저녁으로 뚜껑을 열어 환기를 해야 한다. 식물도 숨을 쉬니까. 생긴 건 비닐하우스에 가내 수공업 느낌이 팍팍 나지만, 기능 면에서는 절대 부족함이 없는 만족도 200퍼센트 미니 온실이다.

이사를 오면서 챙겨 오기 뭐해서 버렸더니 아쉬워서 계속 생각이 난다. 올겨울에 다시 한번 만들어 봐야지. 이번에는 버리지 말고 두고두고 써야지.

우리 집엔 멀티탭 상자가 있다. 어디서 파는 건 아니고, 내가 만들었다. 구멍이 뿅뿅 난 멀티탭은 청소하기는 까다로운데 먼지는 또 무척 잘 쌓이는 골칫덩이였다. 거뭇하게 먼지가 쌓이면 보기도 싫지만 혹여 전기라도 튈까 봐 볼 때마다 온몸에 소름이 쫙 끼친다. 날마다 쌓이는 먼지로부터 멀티탭을 어떻게 보호해야 할까. 아예 구멍 부분에 먼지가 들어가지 않도록 옆으로 눕히거나 뒤집어서 어딘가에 붙일까도 생각해 봤지만, 웬만한 접착제로는 잘 붙지도 않고, 확실히 고정하기에는 장소의 제약이 있었다.

골똘히 생각에 빠져 있는데, 옷장 구석에 보관하고 있던 녹색 상자가 눈에 띄었다. 저 안에 멀티탭을 넣고 뚜껑을 닫으면 먼지가 쌓이지 않을 것 같았다. 그래, 한번 만들어 보자. 나는 당장에 녹색 상자를 꺼내 왔다. 양장본 표지처럼 단단한 종이로 만든 녹색 상자는 크기도 넉넉해서 길이가 남는 전선을 안에 넣어도 충분할 것 같았다. 옆면에 홈을 파서 전선이 들어올 입구를 만들었다. 처음에는 한쪽에만 구멍을 만들었는데, 쓰다 보니 양쪽이 다 있는 게 편해서 양쪽으로 홈을 냈다. 그런 다음 절단면을 마스킹 테이프로 둘렀더니 깔끔하게 마무리되었다. 멀티탭을 상자 안에 넣고 뚜껑을 닫았다. 이제 멀티탭에 먼지가 쌓일 걱정은 없다. 상자 위에 쌓인 먼지만 어쩌다 한번씩 닦으면 된다. 침대 옆 보조 테이블 아래에 두었더니 잠들기 전 읽을 책을 잠시 올려 두기에도 좋았다.

  나는 재활용을 좋아한다. 하지만 가끔 재활용을 하려고 계속 물건을 모으다가 잡동사니로 집이 가득 차는 무서운 상상을 할 때가 있다. 그래서 주기적으로 버릴 것은 버리고, 필요한 만큼만 모은다. 갖가지 통을 재활용하다 보면 자칫 지저분해 보일 수 있어서, 수납하기 좋은 모양의 통이 생길 때만 모으곤 한다. 예를 들어 하리보 젤리통은 작은 물건들을 넣는 용도로 쓰려고 몇 개 모아 두었다. 입구가 각진 네모라 보기에도 깔끔하고 수납도 차곡차곡할 수 있다. 하나는 고무줄을, 하나는 실리카 겔을, 하나는 빵 끈을 담는 통으로 사용하고 있다.
  실리카 겔은 깨끗한 것을 골라 모았다가 습기가 많은 곳이나 오래 보관해야 하는 물건을 담는 지퍼백에 하나씩 넣으면 좋다. 빵 끈은 흰색이나 검은색, 갈색이 생길 때마다 모아서 전선을 정리할 때 색깔을 맞춰 사용하고, 식물을 키울 때 지지대로 쓰기도 한다. 나무젓가락, 플라스틱 숟가락과 포크 같은 일회용품도 이따금 필요할 때가 있어서 모아 둔다. 종류별로 고무줄로 묶어서 보관하면 자리도 많이 차지하지 않고 쉽게 찾을 수 있다.

사소하지만 이렇게 필요한 물품을 만들어 쓸 때면 쓰레기를 줄였다는 뿌듯함과 기분 좋은 성취감이 든다. 무언가 만들어 낼 줄 아는 사람이 된 것 같은 느낌이랄까. 이전에는 목적에 맞게 만들어져 나온 제품을 사서 써야 한다고 생각했다. 그물건을 사려면 돈이 필요하고, 돈을 벌기 위해 열심히 일을 했다. 하지만 필요한 물건은 너무나 많고, 그것들을 사려면 쉴 여유 따위는 없어지고 만다. 이게 내가 바라던 삶일까 생각해 볼 틈도 없이 그저 소비하기 위한 하루하루가 지나갔다.

그러다 헌 물건의 쓸모를 고민하면서 생각이 달라졌다. 조금 더 자유로워졌다고 해야 할까, 생각이 꼬리에 꼬리를 물고 내가 바라는 진짜 행복한 삶은 어떤 모습인지까지 깊이 생각하

게 되었다. 그러면서 좀 더 알게 되고, 사랑하게 되었다. 나를,
그리고 나를 행복하게 하는 존재들을.

다용도실로 변신한 세탁실

　우리 집 뒤쪽 베란다는 이사 왔을 때부터 확장된 상태였다. 아쉬운 대로 세탁실을 다용도실로 활용해 수납하기로 했다. 세탁기 및 세탁 세제, 빨래 바구니, 각종 생활용품의 여분들, 음료나 가공된 식자재, 버리기 전까지는 따로 둘 곳 없는 재활용 쓰레기까지. 공간은 좁은데 품어야 할 물품들은 많았다. 어떻게 해야 복잡하지 않고 편리하게 사용할 수 있을까.

　궁리 끝에 찾은 방법은 수직 수납. 수직 수납을 했을 때 물건을 쉽게 빼서 쓰려면 선반을 설치하는 게 좋을 것 같았다. 그런데 우리 집 세탁실에는 형형색색의 커다란 배관이 아주 많아서 선반 놓기가 까다로웠다. 에너지를 절감하는 방식이라 그렇다는데, 보기에도 정신없지만 특히 바닥 쪽 배관이 불규칙하게 튀어나와 있어서 공간을 사용하기가 어려웠다. 고심 끝에 앵글 선반을 놓기로 했다. 크기를 선택할 수 있는 폭이 넓고, 많은 물건의 무게를 지탱할 수 있을 만큼 튼튼했기 때문이다. 설치하는 방법도 간단했다. 게다가 칸의 간격을 마음대로 조절할 수 있어서 좋았다. 네 개의 판을 용도에 맞는 크기로 고정하니 다섯 칸짜리 수납장이 생겼다.

제일 위 칸에는 공간을 여유 있게 남겨 커다란 두루마리 휴지처럼 덩치가 크고, 가끔 꺼내 쓰는 생활용품을 보관했다. 그 아래 두 칸은 식료품 구간으로 여분의 탄산수나 멸균 우유, 라면, 통조림, 식용유 등 포장된 가공식품을 사각 바구니 안에 종류별로 담았다. 바구니는 물건을 꺼내기 쉽게 손잡이가 있는 것으로, 색깔은 깔끔해 보이도록 불투명한 흰색으로 통일했다. 몸통에는 라벨을 붙여 내용물을 알 수 있게 했다.

그 아래에는 빨래 바구니 세 개를 두고 종류별로 구분해서 빨래를 담았다. 그중 두 개에는 빨래집게로 고정한 세탁망이 있는데, 속옷과 양말을 따로 모을 때 쓴다. 이렇게 하면 빨래할 때 세탁망 지퍼를 닫아서 바로 세탁기에 넣으면 되니 편하다. 천으로 배관을 가려야 하나 고민했는데, 선반에 물건을 채우다 보니 복잡한 배관이 꽤 많이 가려졌다. 가장 복잡했던 맨 아래쪽은 재활용 쓰레기 수거함을 놓아 두었더니 배관이 거의 보이지 않았다.

그 외에 쇼핑백 같은 잡동사니는 앵글 선반의 구멍에 걸어 둔 S자 모양 고리에 매달아 입구에서는 잘 보이지 않게 보관해 두었다. 칫솔이나 목욕용품 같은 자잘한 생활용품은 잘 사용하지 않는 세탁기 아래쪽 신발 관리 칸을 서랍으로 사용하여 보관하고 있다. 세탁용품은 세탁기 옆에 폭이 좁고 낮은 철제 선반을 두어 수납했다. 양옆이 막혀 있지만 철망으로 된 바구니를 서랍처럼 앞으로 뺄 수 있어 좁은 공간에서도 물건을 넣고 찾기 쉽다.

다용도실에는 세탁기에 연결된 것 말고 바닥에 수도꼭지 한 쌍이 더 있었는데, 인테리어 공사를 할 때 없애려다가 혹시 쓸모가 있을까 싶어 그대로 두었다. 여기에 그물망을 걸어서 토마토나 키위 같은 숙성시켜 먹는 과일을 보관했더니 나름 유용했다. 좁은 다용도실에 이 많은 물건이 다 들어갈 수 있다는 것이 놀라웠다.

물건을 정리하고 나니 공간을 좀 더 깔끔하고 편안한 분위기로 만들고 싶었다. 우선 하루에도 여러 번 드나드는 곳이라 신발을 신지 않고도 바닥이 차갑거나 딱딱하게 느껴지지 않았으면 했다. 그렇다고 카펫이나 러그를 깔자니 먼지가 쉽게 쌓일 것 같았다. 바닥이 네모반듯하지 않아서 전체를 다 덮을 수도 없었고, 입구 근처에는 세탁기 배수구가 있어서 그 부분만 잘라 내기도 애매했다.

검색을 하다가 '코일 매트'라는 것을 알게 되었다. 보기에는 굵은 섬유가 꼬여 있는 매트 모양인데, 먼지가 한번 들어오면 밖으로 나가지 않게 잡아 두었다가 진공청소기로 흡입하면 빨려 나간다는 점이 마음에 들었다. 주로 자동차나 현관 바닥에 많이 깐다고 하는데, 나는 다용도실에 깔아 보기로 했다.

코일 매트는 생각보다 두께가 두껍고 무거웠다. 혼자서 자르기엔 힘과 시간이 많이 필요할 것 같았다. 꼼꼼한 남편이 다용도실의 불규칙한 바닥 크기를 하나하나 측정하고 배수구 위치도 계산해서 모양에 맞게 코일 매트를 오려 냈다. 바닥에 깔아 보니 처음엔 맨발에 닿는 감촉이 좀 낯설었지만 이내 적응되어 폭신폭신하게 느껴졌다.

우리 집 다용도실에는 창문이 두 개 있다. 왼쪽 창문은 작은방과, 오른쪽 창문은 바깥과 연결되어 있다. 작은방과 연결된 왼쪽 창문은 창문 너머에 커다란 장롱이 놓여 있어 쓰지 않을 뿐만 아니라 장롱의 뒷부분이 적나라하게 보여 하얀색 부직포 블라인드를 붙여서 가렸다. 오른쪽 창문에는 아이보리색 바탕에 카키색 나뭇잎 무늬가 그려진 리넨 천으로 커튼을 만들어 달았다.

오랜만에 재봉틀을 드르륵드르륵 돌리니 재미있었다. 더 만들 게 없을까? 다용도실 물건을 둘러보다 세탁기가 눈에 들어왔다. 그래, 세탁기 커버를 만들어야겠다. 이번엔 커튼을 만든 천과 세트인 연한 카키색 체크무늬 리넨 천을 꺼내 왔다. 가전제품에 천을 덮어 두면 흠집이 나지 않고 햇빛이나 먼지로 인한 노후화를 방지할 수 있다. 그래서 난 웬만하면 모든 가전에 덮개를 씌우려 한다. 예전에는 방수 천으로 세탁기 모양에 맞게 커버를 만들기도 했는데, 바느질하기가 힘들고 딱히 물이 튀는 곳도 아니라서 일반 천으로도 충분했다.

세탁기 옷까지 만들어 입히니, 덩그러니 세탁기만 놓여 있던 세탁실이 복작복작 물건들이 모여 있는 사랑방이 되었다. 예쁜 가구가 있는 것도 아니고 장식품 하나 없는 좁은 공간이지만, 모든 물건이 사용하기 편하게 정리되어 있어 내 눈에는 예뻐 보인다. 곳간이 채워진 느낌이랄까. 든든하고 뿌듯한 기분도 함께 채워졌다.

메리 크리스마스

봄이 올 때처럼 겨울도 천천히 다가온다. 찬 이슬이 내린다는 '한로'쯤 되면 베란다에 둔 열대 식물을 하나둘 거실로 들이기 시작한다. 늦어도 서리가 내린다는 '상강' 전에는 모두 들여놓아야 한다. 이맘때부터는 예상치 못하게 기온이 갑작스레 영하로 떨어질 때도 있어 야외 걸이대에 내놓은 화분은 밤에 꼭 들여놓고 자야 한다. 입동, 소설, 대설을 지나고 1년 중 밤이 가장 긴 동지를 며칠 지나면 양력으로는 크리스마스다.

연말이라는 핑계로 오랜만에 지인들에게 연락을 하고 얼굴도 확인했다. 약속이라도 한 걸까, "하나도 안 변했네!"라는 말로 인사를 나눈다. 빈말이 아니라 정말 그렇다. 외모와 옷차림,

분위기는 조금씩 달라졌지만, 우리가 처음 만나고 가까워지던 그때 그 느낌은 그대로다. 내가 스물일곱이던 시절 갓 스무살이었던 동생이 서른여덟이란다. 세상에나. 나에게는 여전히 앳되고 귀여운 모습 그대로인데. 나이를 잊고 대화를 하다가 "이제 너도 30대인가?" 하고 물으니 어째서 우리의 나이 차는 갈수록 벌어지는 것이냐고 말한다. 머쓱함에 한참을 웃었다. 점점 나이 세기가 어려워진다.

연말이라고 해서 크게 달라지는 것은 없다. 평소와 똑같이 일하고, 저녁을 먹고, 운동이나 취미 활동을 하다가 잠에 든다. 요즘은 거리의 분위기도 딱히 다르지 않다. 새해가 되면 연도가 바뀌는 것 외에 다를 게 뭐가 있나. 그럼에도 연말이 특별하게 다가오는 이유는 뭘까.

흔히 인생을 산행에 비유한다. 굽이굽이 오르는 길에서 아름다운 풍경을 보기도 하고, 가파른 절벽이나 생각지 못한 장애물을 만나기도 한다. 가끔은 맥이 빠져 이게 다 무슨 의미인가 싶은 생각이 들 때도 있다. 그럴 때면 생명체는 살아 있는 그 자체만으로도 매우 경이로운 일이라는 어느 과학자의 말을 떠올린다. 수많은 위험에 노출되어 사는 우리가 살아 있는 것은 결코 평범한 일이 아니다. 베란다 정원에 있는 식물들만 보아도 그렇다. 때에 맞춰 물을 주고, 바람을 쐬고, 분갈이를 하고, 가지치기를 하는 등 끊임없는 손길이 필요하다. 살아 있는 생명이기에 내 의도와 다르게 자라거나 갑자기 아프기도 하고, 어느 날 갑자기 선물처럼 꽃이 활짝 피어 있기도 한다. 때로는 기쁘고 때로는 속상하며 그렇게 하루를, 일주일을, 한 달을, 계절을 지나 무사히 연말을 맞이했으니 얼마나 대단한가.

베란다 정원을 천천히 둘러보았다. 무성해진 로즈메리가 눈에 띄었다. 언제 이렇게 자랐지. 좀 다듬어 줘야겠다. 로즈메리를 처음 키웠을 때가 떠올랐다. 마트에서 유기농 로즈메리를 사서 물꽂이를 해 두고 여행을 다녀오니 거의 다 죽어 있었다. 얼마 남지 않은 로즈메리를 옮겨 심고 흙이 마르지 않게 계속 살피며 찬 바람에 얼어 버릴까 봐 아침저녁으로 자리를 옮겼다. 봄이 되어도 잘 자라지 않아 걱정하면서 인터넷에서 정보를 찾아보기도 하고, 물 주는 방법을 바꿔 보기도 했다. 갑자기 바뀐 계절에 잎이 까맣게 물러질 때는 그냥 버릴까 고민도 했다. 그러다 어찌어찌 우리 집 베란다 환경에 맞게 키우는 방법을 터득하고 나서는 폭풍 성장을 했다. 한번 크기 시작하니 너무 빨리 자라서 아무리 솎아 내도 금세 산발이 되었다. 지금처럼.

가지치기를 하다 보니 리스를 만들면 좋겠다는 생각이 들었다. 올해 크리스마스를 장식할 향긋한 리스를 만들어야겠다. 준비물은 녹색 플로럴 테이프와 철사, 그리고 가지치기로 나온 로즈메리 줄기들.

로즈메리 줄기를 적당한 길이로 자른 후 여러 개를 합쳐서 아랫부분을 녹색 플로럴 테이프로 묶었다. 이렇게 하면 원하는 모양의 풍성한 볼륨으로 만들 수 있다. 그런 다음 철사를 구부려 동그란 모양을 만들고 플로럴 테이프를 전체적으로 감아서 풀어지지 않게 고정했다. 이제 철사에 로즈메리를 두를 차례다. 만들어 둔 로즈메리 줄기 다발을 철사에 둘러 가며 플로럴 테이프로 고정시켰다. 반 정도를 두르니 줄기 다발이 동이 났다. 전체를 두르면 더 예쁘겠지만, 그렇다고 로즈메리를 일부러 자르는 건 내키지 않았다. 이번에는 그냥 한쪽이 열린 오픈 타입으로 가자.

이제 리스를 장식할 걸 좀 찾아볼까? 서랍에서 빨간색과 하얀색 실이 꼬여 있는 끈을 발견했다. 리본 모양으로 이렇게도 저렇게도 묶어 본다. 대충 묶은 매듭이 제일 예쁘군. 하얀 벽에 걸어 보니 뾰족뾰족한 로즈메리 잎사귀가 침엽수를 떠올리게 해 크리스마스와 잘 어울리는 것 같다. 크리스마스 장식을 사면 매년 쓰기에는 지겹고, 버리자니 환경에 미안했는데 내 정원에서 키운 로즈메리 리스는 한 철 보고 나면 자연으로 돌아갈 수 있는 장식이라 더 마음에 든다.

리스를 만드는 내내 쌉싸름한 로즈메리 향기가 베란다에 풍겼다. 몸과 마음이 건강해지는 향이다. 로즈메리를 키우는 동안 나에게도 많은 일이 있었다. 조금 더 넓은 집으로 이사를 하고, 원하던 직장에 다니게 되고, 결혼이라는 좋은 일도 있었다. 하지만 디스크와 암 수술로 고생한 끝에 결국 직장을 포기하게 되었다. 그래도 나에게는 사랑하는 가족과 아늑한 쉼터가 있고, 로즈메리도 여전히 내 곁에 있다. 얼마나 감사한 일인가. 다양한 감정으로 마음이 일렁였다. 오늘 만든 리스는 머리맡에 두어야겠다. 그럼 잠들기 전에도 이 향기를 느낄 수 있겠지. 고마워, 로즈메리. 메리 크리스마스.

에필로그 **살림 휴무 선언!**

어째서 청소와 정리는 끝나지 않는 것일까? 매일 할 때는 티도 안 나더니 조금만 소홀해지면 금방 티가 난다. 미니멀 라이프를 하며 내 한 몸을 건사하는 방법을 이제야 익혔나 싶었는데, 식구가 늘어나자 또 갈피를 못 잡고 몇 년간 헤맸다.

남편과 나는 너무나 달랐다. 남편은 아침에 출근 준비를 할 때마다 욕실에 있는 화장품 뚜껑을 모조리 열어 둔 채 나갔다. 내가 욕실을 사용할 차례가 되면 한숨부터 나왔다. 저녁에도 마찬가지. 남편이 샤워를 하고 난 후에 내가 들어가서 정리하지 않으면 욕실 습기에 화장품 입구가 언제까지든 노출되어 있을 터였다. 대부분이 변질되기 쉬운 천연 화장품인데 말이다. 화장품뿐만 아니라 치약 뚜껑도 닫지 않는 걸 보면 습관인 듯했다. 때로는 부탁으로 때로는 설명으로 남편에게 끊임없이 말했고, 직접 만들어 쓰는 천연 화장품 용기를 모두 여닫기 쉬운 것으로 바꾸는 등 노력을 기울인 끝에 남편의 습관은 많이 바뀌었다. 물론 아직도 가끔 뚜껑이 열린 화장품을 볼 때가 있지만 말이다.

또한, 남편의 손은 나보다 훨씬 크고 두꺼워서 정리해 둔 물건을 하나 꺼낼 때마다 주변 물건을 쓰러뜨린다. 우리 둘이 각자 쓰는 화장품을 한곳에 두었더니 아침마다 내 화장품이 쓰러져 있었다. 볼링핀도 아니고 왜 자꾸 쓰러뜨리는지. 쓰러뜨리고 세우고 쓰러뜨리고 세우고. 결국 각자 쓰는 화장품을 따로 구분해서 담는 수납함을 마련했다. 이제 수납함 안에서 물건이 쓰러져도 바닥으로 떨어지지는 않겠지. 남편 화장품이 쓰러져 있어도 며칠 정도는 못 본 척 눈을 감았다. 그러다 다시 세워 주기는 했지만.

칫솔과 치약도 처음엔 세워 두는 방식으로 정리했지만 남편이 자꾸 쓰러뜨리고 떨어뜨리는 탓에 벽에 거는 방식으로 바꿨다. 벽에 걸면 선반을 청소하기는 더 수월해지지만 칫솔 부분이 걸이대에 닿아 있으니 위생적이지 않아 보였다. 결국 칫솔 소독과 교체도 내 담당이 되었다. 남편은 욕실 환풍기 소리가 너무 크다며 팬도 돌리지 않고 문을 꼭 닫아 두어서 내가 돌보지 않으면 하루 만에 욕실에 곰팡이가 생기곤 했다. 모두 사소한 것들이지만 걱정이 끊이질 않았다.

살림에 손을 덜 쓰고 시간을 줄이기 위해 미니멀 라이프를 시작했는데, 물건은 자꾸만 바뀌고 관리가 안 되니 도무지 심플한 느낌이 없었다. 이제 우리 집은 미니멀하다고 말하기엔 민망하다. 그나마 미니멀 라이프를 지향했기에 이 정도라도 깔끔함을 유지할 수 있는 거라고 행복 회로를 돌려 본다.

언젠가 깔끔하고 넓어진 공간을 경험하면 가족 구성원 스스로 미니멀 라이프에 동참하게 될 것이라는 글을 보았다. 물론 그러기까지는 시간이 걸릴 것이다. 집에 들어오면 손부터 씻어라, 과일 먹던 손으로 이불이나 테이블 만지지 마라, 쓰레기는 방바닥에 그냥 버리면 안 된다 등등. 남편도 숨 쉬듯 계속되는 잔소리에 스트레스가 많았겠지. 연애를 짧게 한 것도 아니고, 5년이나 했는데. 그때는 분명 깔끔해 보였는데 어쩌다 이렇게 된 거지. 처음보다는 많이 바뀌었으니 사랑의 힘이 참

위대하다고 해야 할까.

결혼한 지 만 3년이 되었을 때, 나는 마음속으로 포기를 선언했다. 지금까지 노력해도 안 되는 건 안 되는 것이라고 받아들이자. 그래야 마음이라도 좀 편해질 테니. 늦은 나이에 만나서로 사랑만 하기에도 짧은 인생을 잔소리하며 살고 싶지는 않았다. 그동안 너무 내 방식에 맞추도록 한 것 같아 미안하기도 하고. 아마도 내가 좀 더 부지런해져야 하겠지만, 남편도 서서히 적응해 주면 더없이 좋겠다. 그러다 보면 언젠가는 서로의 라이프 스타일이 합쳐지는 날이 오겠지.

그날이 올 때까지 아무리 간소화해도 줄어들지 않는 현재의 살림에서 탈출하는 나만의 방법을 찾았다. 그건 바로 살림 휴무! 일주일에 평일 하루는 살림을 하지 않는 날로 정해 두는 것이다. 혼자 살 때는 주말이 그런 날이었는데, 주부가 되니 오히려 주말에 일이 더 많아졌다. 설거짓거리에서부터 집 안 청소와 정리까지. 그렇다고 주말이 싫은 건 아니지만 일주일 내내 끝나지 않는 살림을 하니 온전히 즐길 수 없었다.

좋아하는 일도 일이 되면 싫어진다고 했던가. 내 공간을 정리하고 가꾸고 생활을 꾸려 나가는 걸 즐기지만 계속되는 뒤

치다꺼리에 지쳐서 나도 모르게 예민해졌다. 그래서 평일 중 하루는 나를 위한 시간으로 아예 비워 두었다. 그날은 약속이 없어도 밖에 나가고, 집에 있더라도 살림을 하지 않는다. 세탁기를 돌리지 않고, 빨래를 개지 않는다. 청소도, 주방 정리도 하지 않는다. 거실도 하루쯤은 그냥 어지러운 채로 놓아 둔다. 모든 살림을 내일로 미룬다. 당연히 남편에게 잔소리할 일도 없다. 오늘 하루는 아무 일도 하지 않는 날이니까.

그러고 나니 해방감이 밀려왔다. 문득 저녁 설거지를 마친 엄마가 일일 드라마를 꼭 챙겨 보던 게 기억났다. 그건 엄마 나름의 일과를 마치는 의식이었다. 드라마가 끝나면 엄마는 뉴스를 보다가 세수를 하고, 잠들 준비를 했다. 엄마야말로 살림이 지겨웠을 터인데, 그 긴 세월을 어떻게 버텨 냈을까. 타고난 성실함도 있었겠지만, 일과 끝에 찾아오는 짧은 휴식과 새로 시작되는 하루, 이 일상의 패턴을 잘 지켜왔기에 가능했던 일이 아닐까. 요즘은 나도 그렇게 한다. 저녁에 주방 일을 마감하면 더는 살림에 대해 생각하지 않으려고 한다. 엄마처럼 드라마를 보지는 않지만 산책을 하거나 이런저런 놀이를 하다가 씻고 나서 잠자리에 든다. 오랫동안 잘 살아 내기 위해서는 적절한 때 멈추고 쉬는 것이 중요하다는 것을 살림을 통해 배워 가고 있다.

나는 집이라는 공간을 좋아한다. 집에 머무는 시간에 소진된 기운을 충전하고 집 안을 돌보며 에너지를 얻는다. 이제는 혼자가 아닌 짝꿍과 함께 우리의 소중한 공간을 함께 꾸려 간다. 끝없는 집안일에 지치지 않게 잘 쉬어 가면서, 평범한 보통의 날에도 매일 즐겁게.

평범한 보통의 날에도 매일 즐겁게

오늘은 살림

초판 1쇄 발행 2025년 2월 27일

글 권양미 **그림** 장윤미
발행처 주식회사 스푼북 **발행인** 박상희 **총괄** 김남원
편집 길유진 박선정 이민주 이지은
디자인 권수아 정진희 **마케팅** 박병건 박미소
출판신고 2016년 11월 15일 제2017-000267호
주소 (03993) 서울시 마포구 월드컵북로6길 88-7 ky21빌딩 2층
전화 02-6357-0050(편집) 02-6357-0051(마케팅)
팩스 02-6357-0052 **전자우편** book@spoonbook.co.kr

ISBN 979-11-6581-573-8 (03810)

Dreamday 는 스푼북의 성인책 브랜드입니다.